T0027139

Vlad

Carlos Fuentes

Vlad

Penguin
Random House
Grupo Editorial

Vlad

Primera edición: junio de 2010
Segunda edición: noviembre de 2021

D. R. © 2004, Carlos Fuentes y herederos de Carlos Fuentes

D. R. © 2021, derechos de edición mundiales en lengua castellana:
Penguin Random House Grupo Editorial, S. A. de C. V.
Blvd. Miguel de Cervantes Saavedra núm. 301, 1er piso,
colonia Granada, alcaldía Miguel Hidalgo, C. P. 11520,
Ciudad de México

penguinlibros.com

D. R. © Alejandro Magallanes, por el diseño de portada
D. R. © José Ignacio Galván, por el diseño de viñetas

Penguin Random House Grupo Editorial apoya la protección del *copyright*.
El *copyright* estimula la creatividad, defiende la diversidad en el ámbito de las ideas y el conocimiento,
promueve la libre expresión y favorece una cultura viva. Gracias por comprar una edición autorizada
de este libro y por respetar las leyes del Derecho de Autor y *copyright*. Al hacerlo está respaldando a los autores
y permitiendo que PRHGE continúe publicando libros para todos los lectores.

Queda prohibido bajo las sanciones establecidas por las leyes escanear, reproducir total o parcialmente esta obra
por cualquier medio o procedimiento así como la distribución de ejemplares
mediante alquiler o préstamo público sin previa autorización.
Si necesita fotocopiar o escanear algún fragmento de esta obra diríjase a CemPro
(Centro Mexicano de Protección y Fomento de los Derechos de Autor, https://cempro.com.mx).

ISBN: 978-607-380-808-8

Impreso en México – *Printed in Mexico*

A Cecilia, Rodrigo y Gonzalo,
los niños monstruólogos de Sarriá.

Duérmase mi niña,
que ahí viene el coyote;
a cogerla viene
con un gran garrote...

CANCIÓN INFANTIL MEXICANA

"No le molestaría, Navarro, si Dávila y Uriarte estuviesen a la mano. No diría que son sus inferiores —mejor dicho, sus subalternos— pero sí afirmaría que usted es primus inter pares, o en términos angloparlantes, senior partner, socio superior o preferente en esta firma, y si le hago este encargo es, sobre todo, por la importancia que atribuyo al asunto…".

Cuando, semanas más tarde, la horrible aventura terminó, recordé que en el primer momento atribuí al puro azar que Dávila anduviese de viaje lunamielero en Europa y Uriarte metido en un embargo judicial cualquiera. Lo cierto es que yo no iba a marcharme en viaje de bodas, ni hubiese aceptado los trabajos, dignos de un pasante de derecho, que nuestro jefe le encomendaba al afanoso Uriarte.

Respeté —y agradecí el significativo aparte de su confianza— la decisión de mi anciano patrón. Siempre fue un hombre de decisiones irrebatibles. No acostumbraba consultar. Ordenaba, aunque tenía la delicadeza de escuchar atentamente las razones de sus colaboradores. Sin embargo, a pesar de todo lo dicho, cómo iba yo a ignorar que su fortuna —tan reciente en términos relativos, pero tan larga como sus ochenta y nueve años y tan ligada a la historia de un siglo enterrado ya— se debía a la obsecuencia política (o a la flexibilidad moral) con las que había servido —ascendiendo en el servicio— a los gobiernos de su largo tiempo mexicano. Era, en otras palabras, un "influyente".

Admito que nunca lo vi en actitud servil ante nadie, aunque pude adivinar las concesiones inevitables que su altiva mirada y su ya encorvada espina debieron hacer ante funcionarios que no existían más allá de los consabidos sexenios presidenciales. Él sabía perfectamente que el poder político es perecedero; ellos no. Se ufanaban cada seis años, al ser nombrados ministros, antes de ser olvidados por el resto de sus vidas. Lo admirable del señor licenciado don Eloy Zurinaga es que durante sesenta años supo deslizarse de un periodo presidencial al otro, quedando siempre "bien parado". Su estrategia era muy sencilla. Jamás hubo de romper con nadie del pasado porque a ninguno le dejó entrever un porvenir insignificante para su pasajera grandeza política. La sonrisa irónica de Eloy Zurinaga nunca fue bien entendida más allá de una superficial cortesía y un inexistente aplauso.

Por mi parte, pronto aprendí que si no le incumbía mostrar nuevas fidelidades, es porque jamás demostró perdurables afectos. Es decir, sus relaciones oficiales eran las de un profesionista probo y eficaz. Si la probidad era sólo aparente y la eficacia sustantiva —y ambas fachada para sobrevivir en el pantano de la corrupción política y judicial— es cuestión de conjetura. Creo que el licenciado Zurinaga nunca se querelló con un funcionario público porque jamás quiso a ninguno. Esto él no necesitaba decirlo. Su vida, su carrera, incluso su dignidad, lo confirmaban…

El licenciado Zurinaga, mi jefe, había dejado, desde hace un año, de salir de su casa. Nadie en el bufete se atrevió a imaginar que la ausencia física del personaje autorizaba lasitudes, bromas, impuntualidades. Todo lo contrario. Ausente, Zurinaga se hacía más presente que nunca.

Es como si hubiera amenazado: —Cuidadito. En cualquier momento me aparezco y los sorprendo. Atentos.

Más de una vez anunció por teléfono que regresaría a la oficina, y aunque nunca lo hizo, un sagrado terror puso a todo el personal en alerta y orden permanentes. Incluso, una mañana entró y media hora más tarde salió de la oficina una figura idéntica al jefe. Supimos que no era él porque durante esa media hora telefoneó un par de veces para dar sus instrucciones. Habló de manera decisiva, casi dictatorial, sin admitir respuesta o comentario, y colgó con rapidez. La voz se corrió pero cuando la figura salió vista de espaldas era idéntica a la del ausente abogado: alto, encorvado, con un viejo abrigo de polo de solapas levantadas hasta las orejas y un sombrero de fieltro marrón con ancha banda negra, totalmente pasado de moda, del cual irrumpían, como alas de pájaro, dos blancos mechones volátiles.

El andar, la tos, la ropa, eran las suyas, pero este visitante que con tanta naturalidad, sin que nadie se opusiera, entró al sancta sanctórum del despacho, no era Eloy Zurinaga. La broma —de serlo— no fue tomada a risa. Todo lo opuesto. La aparición de este doble, sosias o espectro —vaya usted a saber— sólo inspiró terror y desapaciguamiento…

Por todo lo dicho, mis encuentros de trabajo con el licenciado Eloy Zurinaga tienen lugar en su residencia. Es una de las últimas mansiones llamadas porfirianas, en referencia a los treinta años de dictadura del general Porfirio Díaz entre 1884 y 1910 —nuestra belle époque fantasiosa— que quedan de pie en la colonia Roma de la Ciudad de México. A nadie se le ha ocurrido arrasar con ella, como han arrasado con el barrio entero, para construir oficinas, comercios o condominios. Basta entrar al caserón de dos pisos más una corona de mansardas francesas y un sótano inexplicado, para entender que el arraigo del abogado en su casa no es asunto de voluntad, sino de gravedad. Zurinaga ha acumulado allí tantos papeles, libros, expedientes, muebles, bibelots, vajillas, cuadros, tapetes, tapices, biombos, pero sobre todo recuerdos, que cambiar de sitio sería, para él, cambiar de vida y aceptar una muerte apenas aplazada.

Derrumbar la casa sería derrumbar su existencia entera…

Su oscuro origen (o su gélida razón sin concesiones sentimentales) excluía de la casona de piedra gris, separada de la calle por un brevísimo jardín desgarbado que conducía a una escalinata igualmente corta, toda referencia de tipo familiar. En vano se buscarían fotografías de mujeres, padres, hijos, amigos. En cambio, abundaban los artículos de decoración fuera de moda que le daban a la casa un aire de almacén de anticuario. Floreros de Sévres, figurines de Dresden, desnudos de bronce y bustos de mármol, sillas raquíticas de respaldos dorados, mesitas del estilo Biedermeier, una que otra intrusión de lámparas art nouveau, pesados sillones de cuero bruñido… Una casa, en otras palabras, sin un detalle de gusto femenino.

En las paredes forradas de terciopelo rojo se encontraban, en cambio, tesoros artísticos que, vistos de cerca, dejaban apreciar un común sello macabro. Grabados angustiosos del mexicano Julio Ruelas: cabezas taladradas por insectos monstruosos. Cuadros fantasmagóricos del suizo Henry Füssli, especialista en descripción de pesadillas, distorsiones y el matrimonio del sexo y el horror, la mujer y el miedo…

—Imagínese —me sonreía el abogado Zurinaga—. Füssli era un clérigo que se enemistó con un juez que lo expulsó del sacerdocio y lo lanzó al arte…

Zurinaga juntó los dedos bajo el mentón.

—A veces, a mí me hubiese gustado ser un juez que se expulsa a sí mismo de la judicatura y es condenado al arte…

Suspiró. —Demasiado tarde. Para mí la vida se ha convertido en un largo desfile de cadáveres… Sólo me consuela contar a los que aún no se van, a los que se hacen viejos conmigo…

Hundido en el sillón de cuero gastado por los años y el uso, Zurinaga acarició los brazos del mueble como otros hombres acarician los de una mujer. En esos dedos largos y blancos, había un placer más perdurable, como si el abogado dijese: —La carne perece, el mueble permanece. Escoja usted entre una piel y otra…

El patrón estaba sentado cerca de una chimenea encendida de día y de noche, aunque hiciese calor, como si el frío fuese un estado de ánimo, algo inmerso en el alma de Zurinaga como su temperatura espiritual.

Tenía un rostro blanco en el que se observaba la red de venas azules, dándole un aspecto transparente pero saludable a pesar de la minuciosa telaraña de arrugas que le circulaban entre el cráneo despoblado y el mentón bien rasurado, formando pequeños remolinos de carne vieja alrededor de los labios y gruesas cortinas en la mirada, a pesar de todo, honda y alerta —más aún, quizás, porque la piel vencida le hundía en el cráneo los ojos muy negros.

—¿Le gusta mi casa, licenciado?

—Por supuesto, don Eloy.

—A dreary mansion, large beyond all need… —repitió con ensoñación insólita el anciano abogado, rara avis de su especie, pensé al oírlo, un abogado mexicano que citaba poesía inglesa… El viejo volvió a sonreír.

—Ya ve usted, mi querido Yves Navarro. La ventaja de vivir mucho es que se aprende más de lo que la situación autoriza.

—¿La situación? —pregunté de buena fe, sin comprender lo que quería decirme Zurinaga.

—Claro —unió los largos dedos pálidos—. Usted desciende de una gran familia, yo asciendo de una desconocida tribu. Usted ha olvidado lo que sabían sus antepasados. Yo he decidido aprender lo que ignoraban los míos.

Alargó la mano y acarició el cuero gastado y por eso bello del cómodo sillón. Yo reí.

—No lo crea. El hecho de ser hacendados ricos en el siglo XIX no aseguraba una mente cultivada. ¡Todo lo contrario! Una hacienda pulquera en Querétaro no propiciaba la ilustración de sus dueños, esté seguro.

Las luces de los troncos ardientes jugaban sobre nuestras caras como resolanas turbias.

—A mis antepasados no les interesaba saber —rematé—. Sólo querían tener.

—¿Se ha preguntado, licenciado Navarro, por qué duran tan poco las llamadas "clases altas" en México?

—Es un signo de salud, don Eloy. Quiere decir que hay movilidad social, desplazamientos, ascensos. Permeabilidad. Los que lo perdimos todo —y teníamos mucho— en la Revolución, no sólo nos conformamos. Aplaudimos el hecho.

Eloy Zurinaga apoyó el mentón sobre sus manos unidas y me observó con inteligencia.

—Es que todos somos coloniales en América. Los únicos aristócratas antiguos son los indios. Los europeos, conquistadores, colonizadores, eran gente menuda, plebe, ex-presidiarios… Las líneas de sangre del Viejo Mundo, en cambio, se prolongan porque no sólo datan de hace siglos, sino porque no dependen, como nosotros, de migraciones. Piense en Alemania. Ningún Hohenstauffen ha debido cruzar el Atlántico para hacer fortuna. Piense en los Balcanes, en la Europa Central… Los Arpad húngaros datan de 886, ¡por San Esteban! El gran zupán Vladimir unió a las tribus serbias desde el noveno siglo y la dinastía de los Numanya gobernó desde 1196 del país de Zeta a la región de Macedonia. Ninguno necesitó hacer la América…

Toda conversación con don Eloy Zurinaga era interesante. La experiencia me decía también que el abogado nunca hablaba sin ninguna intención ulterior, clara, mediatizada por toda suerte de referencias. Ya lo dije: con nadie es abrupto, ni con los inferiores ni con los superiores, aunque, siendo tan superior él mismo, Zurinaga no admite a nadie por encima de él. Y a los que están por debajo, ya lo dije también, les presta atención cortés.

No me sorprendió que, después de este amable preámbulo, mi jefe fuese al grano.

—Navarro, quiero hacerle un encargo muy especial.

Accedí con un movimiento de la cabeza.

—Hablábamos de la Europa Central, de los Balcanes.

Repetí el movimiento.

—Un viejo amigo mío, desplazado por las guerras y revoluciones, ha perdido sus propiedades en la frontera húngaro-rumana. Eran tierras extensas, dotadas de alcázares en ruinas. Lo cierto —dijo Zurinaga con cierta tristeza— es que la guerra sólo exterminó lo que ya estaba muerto...

Ahora lo miré inquisitivamente.

—Sí, usted sabe que no es lo mismo ser dueño de la propia muerte que ser víctima de una fuerza ajena... Digamos que mi buen amigo era el amo de su propia decadencia nobiliaria y que ahora, entre fascistas y comunistas, lo han despojado de sus tierras, de sus castillos, de sus...

Por primera vez en nuestra relación sentí que don Eloy Zurinaga titubeaba. Incluso noté un nervio de emoción en su sien.

—Perdone, Navarro. Son los recuerdos de un viejo. Mi amigo y yo somos de la misma edad. Imagínese, estudiamos juntos en la Sorbona cuando el derecho, así como las buenas costumbres, se aprendían en francés. Antes de que la lengua inglesa lo corrompiese todo —concluyó con un timbre amargo.

Miró al fuego de la chimenea como para templar su propia mirada y prosiguió con la voz de siempre, una voz de río arrastrando piedras.

—El caso es que mi viejo amigo ha decidido instalarse en México. Ya ve usted con qué facilidad caen las generalizaciones. La casa señorial de mi amigo data de la Edad Media y sin embargo, aquí lo tiene, buscando techo en la Ciudad de México.

—¿En qué puedo servirle, don Eloy? —me apresuré a decirle.

El viejo observó sus manos trémulas acercadas al fuego. Lanzó una carcajada.

—Mire lo que son las cosas. Normalmente, estos asuntos los atiende Dávila quien, como sabemos, cumple en este momento deberes más placenteros. Y Uriarte, francamente, ne s'y connaît pas trop… Bueno, el hecho es que le voy a encargar a usted que le encuentre techo a mi transhumante amigo…

—Con gusto, pero yo…

—Nada, nada, no sólo es un favor lo que le pido. También tomo en cuenta que usted es de madre francesa, habla la lengua y conoce la cultura del Hexágono. Ni mandado hacer para entenderse con mi amigo.

Hizo una pausa y me miró cordialmente.

—Imagínese, fuimos estudiantes juntos en la Sorbona. Es decir, somos de la misma edad. Él viene de una vieja familia centroeuropea. Fueron grandes propietarios en los Balcanes, entre el Danubio y Bistriza, antes de la devastación de las grandes guerras…

Por primera vez, con una mirada de cierta ensoñación, Zurinaga se repetía. Acababa de decirme lo mismo. Hube de pasar el hecho por alto. Signo inequívoco de vejez. Admisible. Perdonable.

—Siempre he seguido sus instrucciones, señor licenciado —me apresuré a decir.

Ahora él me acarició la mano. La suya, a pesar del fuego, estaba helada.

—No, no es una orden —sonrió—. Es una feliz coincidencia. ¿Cómo está Asunción?

Zurinaga, una vez más, me desconcertaba. ¿Cómo estaba mi esposa?

—Bien, señor.

—Qué feliz coincidencia —repitió el viejo—. Usted es abogado en mi bufete. Ella tiene una agencia de bienes raíces. Albricias, como se decía antes. Entre los dos, el problema habitacional de mi amigo está resuelto.

Para mí, la vida se ha convertido
en un largo desfile de cadáveres... Sólo me consuela
contar a los que aún no se van: a los que se hacen viejos conmigo...

11

Asunción y yo siempre desayunamos juntos. Ella lleva a la escuela a nuestra pequeña de diez años, Magdalena, y regresa cuando yo he terminado de ducharme, afeitarme y vestirme. A sabiendas de que no nos veremos hasta la hora de la cena, anticipamos y prolongamos nuestros desayunos. Candelaria, nuestra cocinera, ha estado desde siempre con nosotros y antes, con la familia de mi mujer. El padre de Asunción, un probo notario. Su madre, una mujer sin imaginación. En cambio, a Candelaria la criada la imaginación le sobra. No hay en el mundo desayunos superiores a los de México y Candelaria no hace sino confirmar, cada mañana, esta verdad con una mesa colmada de mangos, zapotes, papayas y mameyes, preparando el paladar para la suculenta fiesta de chilaquiles en salsa verde, huevos rancheros, tamales costeños envueltos en hojas de plátano y café hirviente, acompañado de la variedad de panecillos dulces primorosamente bautizados conchas, alamares, polvorones y campechanas...

Un desayuno, como debe ser, de una hora de duración. Es decir, un lujo en el mundo actual. Es, para mí, el cimiento del día. Un momento de miradas amorosas que contienen el recuerdo no dicho del amor nocturno y que rebasan aunque incluyen el placer culinario mediante la memoria de Asunción desnuda, entregada, irradiando su propia luz gracias a la intensidad de mi amor. Asunción exacta y bella en toda su forma, dócil al tacto, ardiente mirada, sí, hielo abrasador...

Asunción es mi imagen contraria. Su melena larga, lacia y oscura. Mi pelo corto, ensortijado y castaño. Su piel blanca y redondamente suave, la mía canela y esbelta. Sus ojos muy negros, los míos verdigrises. A sus treinta años, Asunción mantiene el lustre oscuro y juvenil de su cabellera. A mis cuarenta, las canas son ya avanzadas del tiempo. Nuestra hija, Magdalena, se parece más a mí que a su madre. Diríase una regla de las descendencias, hijos como la madre, niñas como el padre... La cabellera rizada y rebelde de la niña irritaba a mi suegra, pues decía que los pelos "chinos" delatan raza negra, mirándome (como siempre) con sospecha. La buena señora quería plancharle la cabellera a su nieta. Murió apopléjica, aunque su mal pudo confundirse con un estado de coma profundo y los doctores dudaron antes de certificar la defunción. Su marido mi suegro los escuchó con alarma no disimulada y lanzó un gran suspiro de alivio al saberla, de veras, muerta. Pero no duró mucho sin ella. Como si se vengara desde el otro mundo, doña Rosalba de la Llave condenó a su marido el notario don Ricardo a vivir, de allí en adelante, confuso, sin saber dónde encontrar el pijama, la pasta de dientes, qué hora era o, lo que es peor, dónde había dejado la cartera y dónde el portafolios. Creo que murió de confusión.

Magdalena nuestra hija ha crecido, pues, con su natural pelo rizado, sus ojos verdigrises pero curiosamente rasgados de plata, su tez color de luna, mezcla de los cutis de padre y madre y, a los diez años de edad, dueña de una deliciosa forma infantil aún, ni regordeta ni delgada: llenita, abrazable, deliciosa... Su madre no le permite usar pantalones, insiste en faldas escocesas y cardigan azul sobre blusa blanca, como las niñas bien educadas de la Escuela Francesa, las jeunes filles o "yeguas finas" de la clase alta mexicana... Tobilleras blancas y zapatos de charol.

Todo ello le da a Magdalena un aire no precisamente de muñeca, pero sí de niña antigua, de otra época. Veo a sus compañeritas vestidas de sudadera y pantalón de mezclilla y me pregunto si Asunción no pone demasiado a prueba la adaptabilidad de nuestra hija en el mundo moderno. (También en este punto tuvimos dificultades, esta vez con mi madre.

Francesa, insistía en ponerle "Madeleine" a la niña pero Asunción se impuso, la abuela podía llamarla como quisiera, Madeleine y hasta el horrible Madó, pero en casa sería Magdalena y cuando mucho, Magda.) El hecho es que la propia Asunción guarda la llama sagrada de las tradiciones, acepta con dificultad las modas modernas y se viste, ella misma, como quisiera que lo hiciese nuestra hija al crecer. Traje sastre negro, medias oscuras, zapatos de medio tacón.

Esta, diríase, es nuestra vida cotidiana. No digo que sea nuestra vida normal, porque no puede serlo la de un matrimonio que ha perdido a un hijo. Didier, nuestro muchachito de doce años, murió hace ya cuatro en un momento de fatalidad irreparable. Desde chiquillo había sido buen nadador, valiente y aventurado. Como tenía talento para todos los quehaceres mecánicos y prácticos, desde andar en bicicleta hasta hacer montañismo y ansiar una motocicleta propia, creyó que el mar también estaba a sus órdenes, dio un grito de alegría una tarde en la playa de Pie de la Cuesta en Acapulco y entró corriendo al mar de olas gigantescas y resacas temibles.

No lo volvimos a ver. El mar no lo devolvió nunca. Su ausencia es por ello doble. No poseemos, Asunción y yo, el recuerdo, por terrible que sea, de un cadáver. Didier se disolvió en el océano y no puedo escuchar el estallido de una gran ola sin pensar que una parte de mi hijo, convertido en sal y espuma, regresa a nosotros, circulando sin cesar como un navegante fantasma, de océano en océano… Tratamos de fijar su recuerdo en las fotos de la infancia y sobre todo en las imágenes finales de su corta vida. Era como su madre, en niño. Blanco, de grandes ojos negros y pelo lacio, grueso, con una caída natural sobre la nuca y un corte hermoso sobre la amplia frente. Pero es difícil encontrar un retrato en el que sonría. "Se ve uno zonzo", decía cuando le pedían que dijera cheese, manteniendo una dignidad extraña para uno tan muchachillo como él. Aunque igualmente serias eran sus actividades deportivas, como si en ellas le fuera la vida. Y le fue. Se le fue. Se nos fue.

Ni Asunción ni yo somos particularmente religiosos. Mi familia materna de hugonotes franceses nunca se plegó a las prácticas católicas pero a Asunción la he sorprendido, más de una vez, hablándole a una foto de Didier, o murmurando, a solas, palabras de añoranza y amor por nuestro hijo. Es cierto que yo lo hago, pero en silencio.

Hemos querido olvidar la contienda doméstica que nos enfrentó al desaparecer Didier. Ella quería dragar el fondo del mar, explorar toda la costa, escarbar en la arena y perforar la roca; agotar el océano hasta recuperar el cadáver del niño. Yo pedí serenidad, resignación y ofendí a mi mujer cuando le dije: —No lo quiero volver a ver. Quiero recordarlo como era…

No olvido la mirada de resentimiento que me dirigió. No volvimos a hablar del asunto.

Esa ausencia que es una presencia. Ese silencio que clama a voces. Ese retrato para siempre fijado en la niñez…

111

O sea, desayunamos juntos vestidos ya para salir a la calle y al trabajo. Si doy estos detalles de nuestra apariencia formal, es sólo para resaltarla con el contraste de nuestra pasión nocturna. Entonces, Asunción es una salamandra en el lecho, fría sólo para incendiar, ardiente sólo para helar, fugaz como el azogue y concentrada como una perla, entregada, misteriosa, sorprendente, coqueta, imaginada e imaginaria… Hace, no habla. Amanece, desayunamos y reasumimos nuestros papeles profesionales, con el recuerdo de una noche apasionada, con el deseo de la noche por venir. Con la alegría de tener a Magdalena y el dolor de haber perdido a Didier.

Le expliqué a Asunción la solicitud del licenciado Zurinaga y ambos celebramos a me-

dias un hecho que nos arrojaba, profesional-
mente, juntos…

—El amigo de Zurinaga quiere una casa
aislada, con espacio circundante, fácil de defen-
der contra intrusos y, óyeme nada más, con una
barranca detrás…

—Nada más fácil —sonrió Asunción—.
No sé por qué pones cara de preocupación. Me
estás describiendo cualquier número de casas en
Bosques de las Lomas.

—Espera —interpuse—. Nuestro clien-
te pide que desde antes de que tome la casa, se
clausuren todas las ventanas.

Me dio gusto sorprenderla. —¿Se clausuren?

—Sí. Tapiarlas o como se llame.

—¿Va a vivir a oscuras?

—Parece que sólo tolera la luz artificial.
Un problema de los ojos.

—Será albino.

—No, creo que eso se llama fotofobia.
Además, requiere que se cave un túnel entre su
casa y la barranca.

—¿Un túnel? Excéntrico, nuestro cliente…

—Que pueda comunicarse sin salir a la
calle de su casa a la barranca.

—Excéntrico, te digo. ¿Lo conoces?

—No, aún no llega. Espera a que la casa
esté lista para habitar. Tú encuentra la casa, yo
preparo los contratos, Zurinaga paga las obras y
pone los muebles.

—¿Son muy amigos?

—Así parece. Aunque don Eloy hizo por primera vez en su vida algo distinto al despedirse de mí.

—¿Qué cosa?

—Se despidió sin mirarme.

—¿Cómo?

—Con la mirada baja.

—Exageras, mi amor. ¿Va a vivir solo el cliente?

—No. Tiene un sirviente y una hija.

—¿De qué edad?

—El criado no sé —sonreí—. La niña tiene diez años, me dijo don Eloy.

—Qué bien. Puede que haga migas con nuestra Magdalena.

—Ya veremos. Fíjate, nuestro cliente tiene la misma edad que don Eloy, o sea casi noventa años, y una hijita de diez.

—Puede que sea adoptada.

—O el viejo tomará Viagra —traté de bromear.

—No te preocupes —dijo mi mujer con su tono más profesional—. Hablaré con Alcayaga, el ingeniero, para lo del túnel. Es el papá de Chepina, la amiguita de nuestra Magdalena, ¿recuerdas?

Luego salimos cada cual a su trabajo, Asunción a su oficina de bienes raíces en Polanco, yo al antiquísimo despacho que Zurinaga siempre había ocupado y ocuparía en la Avenida del Cinco de Mayo en el Centro Histórico de nuestra aún más antigua ciudad hispano-azteca. Asunción recogería a Magdalena en la escuela a las cinco. Su horario libérrimo se lo permitía. Yo estaría de vuelta hacia las siete. Asunción comía sola en su despacho, café y un sandwich, jamás con clientes que podrían comportarse con familiaridad. Yo, en cambio, me daba el lujo nacional mexicano de una larga comida de dos o tres horas con los amigos en el Danubio de República del Uruguay si me quedaba en el centro, o en algún sitio de la Zona Rosa, el Bellinghausen de preferencia. A las ocho, puntualmente, acostaríamos a la niña, la escucharíamos, le contaríamos cuentos y sólo entonces, Asunción de mi alma, la noche era nuestra, con todas sus dudas y sus deudas…

Dieter se disolvió en el océano y no puedo escuchar
el estallido de una gran ola sin pensar que una parte
de mi hijo, convertido en sal y espuma, regresa a nosotros

Los pasos fueron dados puntualmente.
Asunción encontró la casa adecuada en el escar-
pado barrio de Lomas Altas. Yo preparé los contratos del caso y se los entregué a don Eloy. Zurinaga, contra su costumbre, se encargó personalmente de ordenar el mobiliario de la casa en un
estilo discretamente opuesto a sus propios, anti-
cuados gustos. Limpia de excrecencias victorianas
o neobarrocas, muy Roche-Bobois, toda ángulos
rectos y horizontes despejados, la mansión de las
Lomas parecía un monasterio moderno. Grandes
espacios blancos —pisos, paredes, techos— y có-
modos muebles negros, de cuero, esbeltos. Mesas
de metal opaco, plomizas. Ningún cuadro, ningún retrato, ningún espejo. Una casa construida
para la luz, de acuerdo con dictados escandinavos,
donde se requiere mucha apertura para poca luz,

pero contraria a la realidad solar de México. Con razón un gran arquitecto como Ricardo Legorreta busca la sombra protectora y la luz interna del color. Pero divago en vano: el cliente de mi patrón había exiliado la luz de este palacio de cristal, se había amurallado como en sus míticos castillos centroeuropeos mencionados por don Eloy.

De suerte que el día que Zurinaga mandó tapiar las ventanas, un sombrío velo cayó sobre la casa y la desnudez de decorados apareció, entonces, como un necesario despojo para caminar sin tropiezos en la oscuridad. Como para compensar tanta sencillez, un detalle extraño llamó mi atención: el gran número de coladeras a lo largo y ancho de la planta baja, como si nuestro cliente esperase una inundación cualquier día.

Se cavó el túnel entre la parte posterior de la casa y la barranca abrupta, desnuda también y talada, por orden del inquilino, de sus antiguos sauces y ahuehuetes.

—¿A nombre de quién hago los contratos, señor licenciado?

—A mi nombre, como apoderado.

—Hace falta la carta-poder.

—Prepárela, Navarro.

—¿Quién es el derecho-habiente?

Eloy Zurinaga, tan directo pero tan frío, tan cortés pero tan distante, titubeó por segunda vez en mi conocimiento de él. Se dio cuenta de que bajaba, de manera involuntaria, la cabeza, se compuso, tosió, tomó con fuerza el brazo del sillón y dijo con voz controlada:

—Vladimir Radu. Conde Vladimir Radu.

—Vlad, para los amigos —me dijo sonriendo nuestro inquilino cuando, instalado ya en la casa de las Lomas, me dio por primera vez cita una noche, un mes más tarde.

—Excuse mis horarios excéntricos —prosiguió, extendiendo cortésmente una mano, invitándome a tomar asiento en un sofá de cuero negro—. Durante la guerra se ve uno obligado a vivir de noche y pretender que nada sucede en la morada propia, monsieur Navarro. Que está deshabitada. Que todos han huido. ¡No hay que llamar la atención!

Hizo una pausa reflexiva. —Entiendo que habla usted francés, monsieur Navarro.

—Sí, mi madre era parisina.

—Excelente. Nos entenderemos mejor.

—Pero como usted mismo dice, no hay que llamar la atención...

—Tiene razón. Puede llamarme "señor" si desea.

—El monsieur nos distrae e irrita a los mexicanos.

—Ya veo, como dice usted.

¿Qué veía? El conde Vlad aparecía vestido, más que como un aristócrata, como un bohemio, un actor, un artista. Todo de negro, sweater o pullover o jersey (no tenemos palabra castellana para esta prenda universal) de cuello de tortuga, pantalones negros y mocasines negros, sin calcetines. Unos tobillos extremadamente flacos, como lo era su cuerpo entero, pero con una cabeza masiva, grande pero curiosamente indefinida, como si un halcón se disfrazase de

cuervo, pues debajo de las facciones artificial-
mente plácidas, se adivinaba otro rostro que el
conde Vlad hacía lo imposible por ocultar.

Francamente, parecía un fantoche ridículo.
La peluca color caoba se le iba de lado y el sujeto debía acomodarla a cada rato. El bigote "de aguacero"
como lo llamamos en México, un bigote ranchero,
caído, rural, sin forma, obviamente pegado al labio
superior, lograba ocultar la boca de nuestro cliente, privándolo de esas expresiones de alegría, enojo,
burla, afecto, que nuestras comisuras enmarcan y, a
veces, delatan. Pero si el bigote disfrazaba, los anteojos oscuros eran un verdadero antifaz, cubrían totalmente su mirada, no dejaban un resquicio para
la luz, se encajaban dolorosamente en las cuencas
de los ojos y se cerraban sin misericordia alrededor
de las orejas pequeñísimas, infantiles y rodeadas de
cicatrices, como si el conde Vlad se hubiera hecho
la cirugía plástica más de una vez.

Sus manos eran elocuentes. Las movía
con displicente elegancia, las cerraba con fuerza
abrupta, pero no deseaba, en todo caso, escon-
der la extraña anomalía de unas uñas de vidrio,
largas, transparentes, como esas ventanas que él
vetó en su casa.

—Gracias por acudir a mi llamado —dijo
con una voz gruesa, varonil, melodiosa.

Incliné la cabeza para indicar que estaba
a sus órdenes.

—¿Puedo ofrecerle algo de beber? —dijo
enseguida.

Por cortesía asentí. —Quizás una gota de
vino tinto… siempre y cuando usted me acompañe.

—Yo nunca bebo… vino —dijo con una pausa teatral el conde. Y abruptamente pasó a decirme, sentado sobre una otomana de cuero negro—. ¿Siente usted la nostalgia de su casa ancestral?

—No la conocí. Las haciendas fueron incendiadas por los zapatistas y ahora son hoteles de lujo, lo que en España llaman "paradores"…

Prosiguió como si no me hiciera caso.

—Debo decirle ante todo que yo siento la necesidad de mi casa ancestral. Pero la región se ha empobrecido, ha habido demasiadas guerras, no hay recursos para sobrevivir allí… Zurinaga me habló de usted, Navarro. ¿No ha llorado usted por la suerte fatal de las viejas familias, hechas para perdurar y preservar las tradiciones?

Esbocé una sonrisa. —Francamente, no.

—Hay clases que se aletargan —continuó como si no me oyese— y se acomodan con demasiada facilidad a eso que llaman la vida moderna. ¡La vida, Navarro! ¿Es vida este breve paso, esta premura entre la cuna y la tumba?

Yo quería ser simpático. —Me está usted resucitando una vaga nostalgia del feudalismo perdido.

Él ladeó la cabeza y debió acomodarse la peluca. —¿De dónde nos vienen las tristezas inexplicables? Deben tener una razón, un origen. ¿Sabe usted? Somos pueblos agotados, tantas guerras intestinas, tanta sangre derramada sin provecho… ¡Cuánta melancolía! Todo contiene la semilla de la corrupción. En las cosas se llama la decadencia. En los hombres, la muerte.

Las divagaciones de mi cliente volvían difícil la conversación. Me di cuenta de que el small talk no cabía en la relación con el conde y las sentencias metafísicas sobre la vida y la muerte no son mi especialidad. Agudo, Vlad ("Llamadme Vlad", "Soy Vlad para los amigos") se levantó y se fue al piano. Allí empezó a tocar el más triste preludio de Chopin, como una extraña forma de entretenerme. Me pareció, de nuevo, cómica la manera como la peluca y el bigote falsos se tambaleaban con el movimiento impuesto por la interpretación. Mas no reía al ver esas manos con uñas transparentes acariciando las teclas sin romperse.

Mi mirada se distrajo. No quería que la figura excéntrica y la música melancólica me hipnotizaran. Bajé la cabeza y me fasciné nuevamente con algo sumamente extraño. El piso de mármol de la casa contaba con innumerables coladeras, distribuidas a lo largo del salón.

Empezó a llover afuera. Escuché las gotas golpeando las ventanas condenadas. Nervioso, me incorporé otorgándome a mí mismo el derecho de caminar mientras oía al conde tocar el piano. Pasé de la sala al comedor que daba sobre la barranca. Las ventanas, también aquí, habían sido tapiadas. Pero en su lugar, un largo paisaje pintado —lo que se llama en decoración un engaño visual, un trompe l'oeil— se extendía de pared a pared. Un castillo antiguo se levantaba a la mitad del panorama desolado, escenas de bosques secos y tierras yermas sobrevoladas por aves de presa y recorridas por lobos. Y en un balcón del castillo, diminutas, una mujer y una niña se mostraban asustadas, implorantes.

Creí que no iba a haber cuadros en esta casa.

Sacudí la cabeza para espantar esta visión.

Me atreví a interrumpir al conde Vlad.

—Señor conde, sólo falta firmar estos documentos. Si no tiene inconveniente, le ruego que lo haga ahora. Se hace tarde y me esperan a cenar.

Le tendí al inquilino los papeles y la pluma. Se incorporó, acomodándose la ridícula peluca.

—¡Qué fortuna! Tiene usted familia.

—Sí —tartamudeé—. Mi esposa encontró esta casa y la reservó para usted.

—¡Ah! Ojalá me visite un día.

—Es una profesionista muy ocupada, ¿sabe?

—¡Ah! Pero lo cierto es que ella conoció esta casa antes que yo, señor Navarro, ella caminó por estos pasillos, ella se detuvo en esta sala…

—Así es, así es…

—Dígale que olvidó su perfume.

—¿Perdone?

—Sí, dígale a… ¿Asunción, se llama? ¿Asunción, me dijo mi amigo Zurinaga?… Dígale a Asunción que su perfume aún permanece aquí, suspendido en la atmósfera de esta casa…

—Cómo no, una galantería de su parte…

—Dígale a su esposa que respiro su perfume…

—Sí, lo haré. Muy galante, le digo. Ahora, por favor excúseme. Buenas noches. Y buena estancia.

—Tengo una hija de diez años. Usted también, ¿verdad?

—Así es, señor conde.

—Ojalá puedan verse y congenien. Tráigala a jugar con Minea.

—¿Minea?

—Mi hija, señor Navarro. Avísele a Borgo.

—¿Borgo?

—Mi sirviente.

Vlad tronó los dedos con ruido de sonaja y castañuela. Brillaron las uñas de vidrio y apareció un pequeño hombre contrahecho, un jorobadito pequeño pero con las más bellas facciones que yo haya visto en un macho. Pensé que era una visión escultórica, uno de esos perfiles ideales de la Grecia antigua, la cabeza del Perseo de Cellini. Un rostro de simetrías perfectas encajado brutalmente en un cuerpo deforme, unidos ambos por una larga melena de bucles casi femeninos, color miel. La mirada de Borgo era triste, irónica, soez.

—A sus órdenes, señor —dijo el criado, en francés, con acento lejano.

Apresuré groseramente, sin quererlo, arrepentido enseguida de ofender a mi cliente, mis despedidas.

—Creo que todo está en orden. Supongo que no nos volveremos a ver. Feliz estancia. Muchas gracias… quiero decir, buenas noches.

No pude juzgar, detrás de tantas capas de disfraz, su gesto de ironía, desdén, diversión. Al conde Vlad yo le podía sobreimponer los gestos que se me antojara. Estaba disfrazado. Borgo el criado, en cambio, no tenía nada que ocultar y su transparencia, lo confieso, me dio más miedo que las truculencias del conde, quien se despidió como si yo no hubiese dicho palabra.

—No lo olvide. Dígale a su esposa... a Asunción, ¿no es cierto?... que la niña será bienvenida.

Borgo acercó una vela al rostro de su amo y añadió:

—Podemos jugar juntos, los tres...

Lanzó una risotada y cerró la puerta en mis narices.

...¿Cuánta melancolía todo contiene? La semilla de la corrupción. En las cosas se llama la decadencia. En los hombres, la muerte.

Una noche tormentosa. Los sueños y la vida se mezclan sin fronteras. Asunción duerme a mi lado después de una noche de intenso encuentro sexual urgido, casi impuesto, por mí, con la conciencia de que quería compensar el fúnebre tono de mi visita al conde.

No quisiera, en otras palabras, repetir lo que ya dije sobre mi relación amorosa con Asunción y la discreción que ciñe mis evocaciones. Pero esta noche, como si mi voluntad, y mucho menos mis palabras, no me perteneciesen, me entrego a un placer erótico tan grande que acabo por preguntarme si es completo.

—¿Te gustó, mi amor? —Esta pregunta tradicional del hombre a la mujer se agota pronto. Ella siempre dirá que sí, primero con palabras, luego asintiendo con un gesto, pero un día, si insistimos, con fastidio. La pregunta ahora me la hago a mí mismo. ¿La satisfice? ¿Le di todo el placer que ella merece? Sé que yo obtuve el mío, pero considerar sólo esto es rebajarse y rebajar a la mujer. Dicen que una mujer puede fingir un orgasmo pero el hombre no. Yo siempre he creído que el hombre sólo obtiene placer en la medida en que se lo da a la mujer. Asunción, ¿ese placer que me colma a mí, te llena a ti? Como no lo puedo preguntar una sola vez más, debo adivinarlo, medir la temperatura de su piel, el diapasón de sus gemidos, la fuerza de sus orgasmos y, contemplándola, deleitarme en la temeridad redescubierta de su pubis, la hondura del manantial ocluso de su ombligo, la juguetería de sus pezones erectos en medio de la serenidad cómoda, acojinada y maternal de sus senos, su largo cuello de modelo de Modigliani, su rostro oculto por la postura del brazo, la indecencia deliciosa de sus piernas abiertas, la blancura de los muslos, la fealdad de los pies, el temblor casi alimenticio de las nalgas… Veo y siento todo esto, Asunción adorada, y como ya no puedo preguntar como antes, ¿te gustó, mi amor?, me quedo con la certeza de mi propio placer pero con la incertidumbre profunda, inexplicable, ¿ella también gozó?, ¿gozaste tanto como yo, mi vida?, ¿hay algo que quieras y no me pides?, ¿hay un resquicio final de tu pudor que te impide pedirme un acto extremo, una indecencia física, una palabra violenta y vulgar?

Cruza por mi mente la sensación palpitante del cuerpo de Asunción, el contraste entre la cabellera negra, larga, lustrosa y lacia, y la mueca de su pubis, la maraña salvaje de su pelambre corta, agazapada como una pantera, indomable como un murciélago, que me obliga a huir hacia adentro, penetrarla para salvarme de ella, perderme en ella para ocultar con mi propio vello la selva salvaje que crece entre las piernas de Asunción, ascendiendo por el monte de Venus y luego como una hiedra por el vientre, anhelando arañar el ombligo, el surtidor mismo de la vida...

Me levanto de la cama, esa noche precisa, pensando, ¿me faltó decir o hacer algo? ¿Cómo lo voy a saber si Asunción no me lo dice? ¿Y cómo me lo va a decir, si su mirada después del coito se cierra, no me deja entrever siquiera si de verdad está satisfecha o si quiere más o si en aras de nuestra vida en común se guarda un deseo porque conoce demasiado bien mis carencias?

Vuelvo a besarla, como si esperase que de nuestros labios unidos surgiese la verdad de lo que somos y queremos.

Largo rato, esa madrugada, la miré dormir.

Luego, alargando la mano debajo de la cama, busqué en vano mis zapatillas de noche.

Desacostumbradamente, no estaban allí.

Alargué la mano debajo de la cama y la retiré horrorizado.

Había tocado otra mano posada debajo del lecho.

Una mano fría, de uñas largas, lisas, vidriosas.

Respiré hondo, cerré los ojos.

Me senté en la cama y pisé la alfombra.

Me disponía a iniciar la rutina del día.

Entonces sentí que esa mano helada me tomaba con fuerza del tobillo, enterrándome las uñas de vidrio en las plantas del pie y murmurando con una voz gruesa:

—Duerme. Duerme. Es muy temprano. No hay prisa. Duerme, duerme.

Sentí que alguien abandonaba el cuarto.

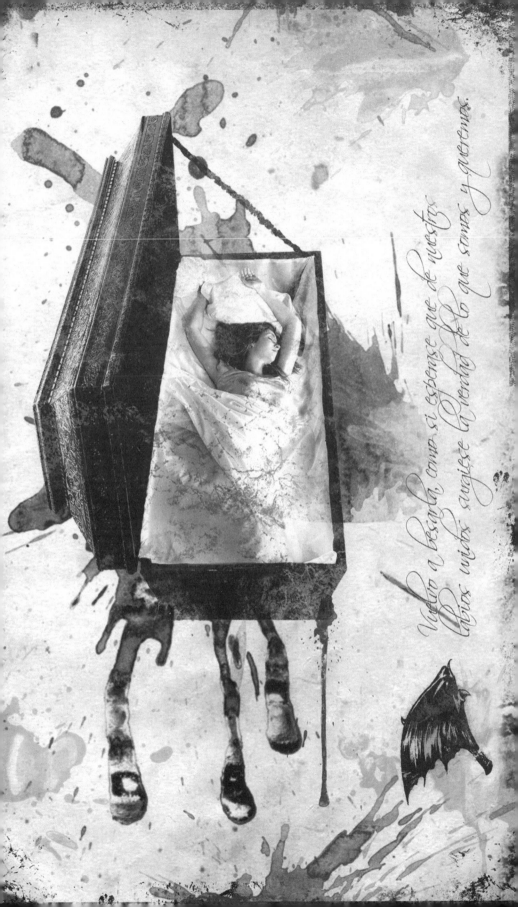

Vuelvo a besarla como si espense que de nuestros labios unidos surgiese la verdad de lo que somos y queremos.

VI

Soñé que estaba en mi recámara y que alguien la abandonaba. Entonces la recámara ya no era la mía. Se volvía una habitación desconocida porque alguien la había abandonado.

Abrí los ojos con el sobresalto de la pesadilla. Miré con alarma el reloj despertador. Eran las doce del día. Me toqué las sienes. Me restregué los ojos. Me invadió el sentimiento de culpa. No había llegado a la oficina. Había faltado a mi deber. Ni siquiera había avisado, dando alguna excusa.

Sin pensarlo dos veces, tomé el teléfono y llamé a Asunción a su oficina.

Ella tomó con ligereza y una risa cantarina mis explicaciones.

—Cariño, entiendo que estés cansado —rió.

—¿Tú no? —traté de imitar su liviandad.

—Hmmm. Creo que a ti te tocó anoche el trabajo pesado. ¿Qué diablo se te metió en el cuerpo? Descansa. Tienes derecho, amor. Y gracias por darme tanto.

—¿Sabes una cosa?

—¿Qué?

—Sentí que anoche mientras hacíamos el amor, alguien nos miraba.

—Ojalá. Gozamos tanto. Que les dé envidia.

Pregunté por la niña. Asunción me dijo que éste era día feriado en la escuela católica —una fiesta no reconocida por los calendarios cívicos, la Asunción de la Virgen María, su ascenso tal como era en vida al Paraíso— y como coincidía con el cumpleaños de Chepina, Josefina Alcayaga, ¿sabes?, la hija del ingeniero Alcayaga y su esposa María de Lourdes, pues hay fiesta de niños y llevé a Magdalena temprano, aprovechando para presentarle recibos al ingeniero por el túnel que se encargó de hacer en casa de tu cliente, el conde...

Guardé un silencio culpable.

—Asunción. Es tu santo.

—Bueno, el calendario religioso no nos importa mucho a ti y a...

—Asunción. Es tu santo.

—Claro que sí. Basta.

—Perdóname, mi amor.

—¿De qué, Yves?

—No te felicité a tiempo.

—¿Qué dices? ¿Y el festejo de anoche? Oye, estaba segura de que esa era tu manera de celebrarme. Y lo fue. Gracias.

Rió quedamente.

—Bueno, mi amor. Todo está en orden —concluyó Asunción—. Recogeré a la niña esta tarde y nos vemos para cenar juntos. Y si quieres, volvemos a celebrar la Asunción de la Santísima Virgen María.

Volvió a reír con coquetería, sin abandonar, de todos modos, esa voz de profesionista que adopta en la oficina de manera automática.

—Descanse usted, señor. Se lo merece. Chau.

No acababa de colgar cuando sonó el teléfono. Era Zurinaga.

—Habló usted largo, Navarro —dijo con una voz impaciente, poco acorde con su habitual cortesía—. Llevo horas tratando de comunicarme.

—Diez minutos, señor licenciado —le contesté con firmeza y sin mayores explicaciones.

—Perdone, Yves —regresó a su tono normal—. Es que quiero pedirle un favor.

—Con gusto, don Eloy.

—Es urgente. Visite esta noche al conde Vlad.

—¿Por qué no me llama él mismo? —dije, dando a entender que ser "mandadero" no se llevaba bien ni con la personalidad de don Eloy Zurinaga ni con la mía.

—Aún no le instalan el teléfono…

—¿Y cómo se comunicó con usted? —pregunté ya un poco fastidiado, sintiéndome sucio, pegajoso de amor, con púas en las mejillas, un incómodo sudor en las axilas y cosquillas en la cabeza rizada.

—Envió a su sirviente.

—¿Borgo?

—Sí. ¿Ya lo vio usted?

No dijo "conoció". Dijo "vio". Y yo me dije reservadamente que había jurado no regresar a la casa del conde Vlad. El asunto estaba concluido. El famoso conde no tenía, ni por asomo, la gracia del gitano. Además, yo debía pasar por la oficina, así fuese pro forma. Bastante equívoca era la ausencia del primer jefe, Zurinaga; peligrosa la del segundo de abordo, yo… No contesté a la pregunta de Zurinaga.

—Me daré una vuelta por la oficina, don Eloy, y más tarde paso a ver al cliente —le dije con firmeza.

Zurinaga colgó sin decir palabra.

Me asaltó, manejando el BMW rumbo a la oficina en medio del paso de tortuga del Periférico, la preocupación por Magdalena, de visita en casa de los Alcayaga. Me tranquilizó el recuerdo de Asunción.

—No te preocupes, amor. Yo pasaré a recogerla y nos vemos para cenar.

—¿A qué hora la recoges?

—Ya ves cómo son las fiestas infantiles. Se prolongan. Y María de Lourdes tiene un verdadero arsenal de juegos, piñatas, que los encantados, que doña Blanca, las escondidillas, tú la traes, ponches, pasteles, pitos y flautas…

Rió y terminó: —¿Ya no te acuerdas de que fuiste niño?

VII

El jorobado abrió la puerta y me observó de cerca, con desfachatez. Sentí su aliento de yogurt. Me reconoció y se inclinó servilmente.

—Pase, maître Navarro. Mi amo lo espera.

Entré y busqué inútilmente al conde en la estancia.

—¿Dónde?

—Suba usted a la recámara.

Ascendí la escalera semicircular, sin pasamanos. El criado permaneció al pie de los escalones, no sé si haciendo gala de cortesía o de servilismo; no sé si vigilándome con sospecha. Llegué a la planta alta. Todas las puertas de lo que supuse eran habitaciones estaban cerradas, salvo una. A ella me dirigí y entré a un dormitorio de cama ancha. Como eran ya las nueve de la noche, se me ocurrió notar que la cama seguía cubierta de satín negro, sin preparativo alguno para la noche del amo.

No había espejos. Sólo un tocador con toda suerte de cosméticos y una fila de soportes de pelucas. El señor conde, al peinarse y maquillarse debía, al mismo tiempo, adivinarse...

La puerta del baño estaba abierta y un ligero vapor salía por ella. Dudé un instante, como si violara la intimidad de mi cliente. Pero su voz se dejó oír, "Entre, señor Navarro, pase, con confianza...".

Pasé al salón de baño, donde se concentraba el vapor de la ducha. Detrás de una puerta de laca goteante, el conde Vlad se bañaba. Miré alrededor. Un baño sin espejos. Un baño —la curiosidad me ganó— sin los utensilios comunes, brochas, peines, rastrillos para afeitar, cepillos de dientes, pastas... En cambio, como en el resto de la casa, coladeras en cada rincón...

Vlad emergió de la ducha, abrió la puerta y se mostró desnudo ante mi mirada azorada.

Había abandonado peluca y bigotes.

Su cuerpo era blanco como el yeso.

No tenía un solo pelo en ninguna parte, ni en la cabeza, ni en el mentón, ni en el pecho, ni en las axilas, ni en el pubis, ni en las piernas.

Era completamente liso, como un huevo.

O un esqueleto.

Parecía un desollado.

Pero su rostro guardaba una rugosidad de pálido limón y su mirada continuaba velada por esas gafas negras, casi una máscara, pegadas a las cuencas aceitunadas y encajadas en las orejas demasiado pequeñas, cosidas de cicatrices.

—Ah, señor Navarro —exclamó con una sonrisa roja y ancha—. Por fin nos vemos tal como somos…

Quise tomar las cosas a la ligera.

—Perdone, señor conde. Yo estoy vestido.

—¿Está seguro? ¿La moda no nos esclaviza y desnuda a todos, eh?

En los extremos de la sonrisa afable, ya sin el disfraz de los bigotes, aparecieron dos colmillos agudos, amarillos como ese limón que, vista de cerca, la palidez de su rostro sugería.

—Excuse mi imprudencia. Por favor, páseme mi bata. Está colgada allí —señaló a lo lejos y dijo con premura—. Bajemos a cenar.

—Excúseme. Tengo cita con mi familia.

—¿Su mujer?

—Sí. Así es.

—¿Su hija?

Asentí. Él rió con una voz caricaturesca.

—Son las nueve de la noche. ¿Sabe dónde están sus hijos?

Pensé en Didier muerto, en Magdalena que había ido a la fiesta de cumpleaños de Chepina y debía estar de regreso en casa mientras yo permanecía como un idiota en la recámara de un hombre desnudo, depilado, grotesco, que me preguntaba ¿dónde están sus hijos?

Hice caso omiso de su presencia.

—¿Puedo hablar a mi casa? —dije confusamente.

Me llevé la mano a la cabeza. Zurinaga me lo advirtió. Tuve la precaución de traer mi celular. Lo saqué de la bolsa trasera del pantalón y marqué el número de mi casa. No hubo contestación. Mi propia voz me contestó. "Deje un mensaje." Algo me impidió hablar, una sensación de inutilidad creciente, de ausencia de libertad, de involuntario arrastre a una barranca como la que se precipitaba a espaldas de esta casa, el dominio del puro azar, el reino sin albedrío…

—Debe estar en casa de los Alcayaga —murmuré para mi propia tranquilidad.

—¿El amable ingeniero que se encargó de construir el túnel de esta morada?

—Sí, el mismo —dije atolondrado.

Marqué apresuradamente el número.

—Bueno, María de Lourdes…

—Sí…

—Soy Yves, Yves Navarro… el padre de Magdalena…

—Ah sí, qué tal Yves…

—Mi hija… Nadie contesta en mi casa.

—No te preocupes. La niña está aquí. Se quedó a pasar la noche con Chepina.

—¿Puedo hablarle?

—Yves. No seas cruel. Están rendidas. Duermen desde hace una hora…

—Pero Asunción, mi mujer…

—No apareció. Nunca llegó por Magdalena. Pero me llamó para avisar que se le hizo tarde en la oficina y que iría directamente por ti a casa de tu cliente, ¿cómo se llama?

—El conde Vlad…

—Eso es. El conde fulano. ¡Cómo me cuestan los nombres extranjeros! Espérala allí…

—Pero, ¿cómo sabe…?

María de Lourdes colgó. Vlad me miraba con sorna. Fingió un escalofrío.

—Yves… ¿Puedo llamarlo por su nombre?

Asentí sin pensar.

—Y recuerde que soy Vlad, para los amigos. Yves, mi bata por favor. ¿Quiere usted que me dé pulmonía? Allí, en el armario de la izquierda.

Caminé como sonámbulo hasta el clóset. Lo abrí y encontré una sola prenda, un pesado batón de brocados, antiguo, un poco raído, con cuello de piel de lobo. Un batón largo hasta los tobillos, digno del zar de una ópera rusa, bordado de oros viejos.

Tomé la prenda y la arrojé sobre los hombros del conde Vlad.

—No se olvide de cerrar la puerta del armario, Yves.

Volví la mirada al clóset (palabra por lo visto desconocida por Vlad Radu) y sólo entonces vi, pegada con tachuelas a la puerta interior de la puerta, la fotografía de mi mujer, Asunción, con nuestra hija, Magdalena, sobre sus rodillas.

—Vlad. Llámeme Vlad. Vlad, para los amigos.

Volví la mirada al closet y sólo entonces vi, bajada con tachuelas a la puerta interior de la puerta, la fotografía de mi mujer, Asunción con nuestra hija, Magdalena sobre sus rodillas.

VIII

Aún no entiendo por qué me quedé a cenar con Vlad esa noche. Racionalizo. No tenía
de qué preocuparme. Magdalena, mi hija, estaba bien, durmiendo en casa de los Alcayaga.
A mi mujer Asunción simplemente se le hizo
tarde y vendría a recogerme aquí mismo. De
todos modos llamé al celular de mi esposa, no
respondió y dejé el consabido mensaje.

Me rehusé a comentar el descubrimien-
to de la foto. Era darle una ventaja a este sujeto.
Yo no tenía ante él más defensa que la serenidad, no pedir explicación de nada, jamás mos-
trarme sorprendido. ¿Haría otra cosa un buen
abogado? Claro, Zurinaga le había dado fotos
mías, de mi familia, al exiliado noble balcáni-
co, para que viera con quién iba a tratar en este
lejano y exótico país, México…

La explicación me serenó.

El conde y yo nos sentamos a las cabeceras de una mesa de metal opaco, sin reflejos, una extraña mesa de plomo, diríase, poco propicia para abrir el apetito, sobre todo si el menú —como en este caso— consistía únicamente de vísceras. Hígados, riñones, criadillas, tripas, desganados pellejos... todo ahogado en salsas de cebolla y hierbas que reconocí gracias a las viejas recetas francesas que disfrutaba mi madre: perejil, estragón, claro, pero otras que mi paladar no reconocía y condimentos que faltaban, sobre todo el ajo.

—¿No hay ajo? —pregunté sin esperar la mirada fulminante del conde Vlad y su brusco silencio, seguido de un rápido cambio de tema.

—Polvo de cerdo, maître Navarro. Una vieja receta usada por San Eutiquio para expulsar al demonio que una monja se tragó por descuido.

Mi expresión de incredulidad pareció divertir a Vlad.

—Es decir, la monja inadvertente, según la leyenda de mi tierra, se sentó sobre el Diablo y éste dijo, "¿Qué iba a hacer? Se sentó sobre una planta y era yo...".

Disimulé muy bien mi asco.

—Entradas y salidas, señor Navarro. A eso se reduce la vida. O dicho en lengua de bárbaros, exits and entrances. Por delante, por detrás. Todo lo que entra, debe salir. Todo lo que sale, debe entrar. Las costumbres del hambre son muy variadas. Lo que es asqueroso para un pueblo, es delicia de otro. Imagínese lo que los franceses piensan de los mexicanos comiendo hormigas y saltamontes y gusanos. Pero ellos mismos, los franceses, ¿no consumen alegremente ranas y caracoles? Muéstreme un inglés que pueda saborear el mole poblano: su estómago siente náuseas de tan sólo imaginar esa mezcla de chile, pollo y chocolate... ¿Y no se deleitan ustedes con el huitlacoche, el hongo del maíz, que en el resto del mundo produce asco y le es aventado a los cerdos? Y hablando de cerdos, ¿cómo pueden soportar los ingleses platos cocinados —más bien dicho arruinados— por el lard, la manteca de puerco? ¡Y no hablo de los norteamericanos, que carecen de paladar y pueden comer papel periódico relamiéndose de gusto!

Rió con esa peculiar manera suya, bajando forzadamente el labio superior como si quisiera disimular sus intenciones.

—Hay que ser como el lobo, señor Navarro. ¡Qué sabiduría la del viejo lupus latino, que se convierte en mi wulfuz teutón, qué sabiduría natural y eterna la del lobo que es inofensivo en verano y otoño, cuando está satisfecho, y sólo sale a atacar cuando tiene hambre, en el invierno y en la primavera! Cuando tiene hambre...

Hizo un gesto de mando con la pálida mano de uñas vidriosas.

Borgo, el jorobado, hacía las veces de mayordomo y una criada de movimientos demasiado lentos servía los platos, inútilmente urgida por los chasquidos de Borgo, vestido para la oca-

sión con una chaquetilla de rayas rojas y negras
y corbata de moño, que sólo se veían en anti-
guas películas francesas. Creía compensar con
este uniforme pasado de moda, coquetamente,
su deformidad física. Al menos, eso me decía su
mirada satisfecha y a veces pícara.

—Le agradezco profundamente que
haya aceptado mi invitación, maître Navarro.
Generalmente como solo y ello engendra tristes
pensamientos, croyez-moi.

El criado se acercó a servirme el vino tinto. Se abstuvo de ofrecérselo a su amo. Interrogué a Vlad con la mirada, alzando mi copa para
brindar...

—Ya le dije... —el conde me miró con
amable sorna.

—Sí, no bebe vino —quise ser ligero y
cordial—. ¿Bebe solo?

Con esa costumbre suya de no escuchar
al interlocutor e irse por su propio tema, Vlad
simplemente comentó:

—Decir la verdad es insoportable para
los mortales.

Insistí con cierta grosería. —Mi pregunta era muy simple. ¿Bebe a solas?

—Decir la verdad es insoportable para
los mortales.

—No sé. Yo soy mortal y soy abogado.
Parece un silogismo de esos que nos enseñan en
la escuela. Los hombres son mortales. Sócrates
es hombre. Por lo tanto, Sócrates es mortal.

—Los niños no mienten —prosiguió sin
hacerme caso—. Y pueden ser inmortales.

—¿Perdón?

Unas manos de mujer enguantadas de negro me ofrecieron el platón de vísceras. Sentí repugnancia pero la cortesía me obligó a escoger un hígado aquí, una tripa allá…

—Gracias.

La mujer que me servía se movió con un ligero crujido de faldas. Yo no había levantado la mirada, ocupado en escoger entre las asquerosas viandas. Me sonreí solo. ¿Quién mira a un camarero a la cara cuando nos sirve? La vi alejarse, de espaldas, con el platón en la mano.

—Por eso amo a los niños —dijo Vlad, sin tocar bocado aunque invitándome a comer con la mano de uñas largas y vidriosas—. ¿Sabe usted? Un niño es como un pequeño Dios inacabado.

—¿Un Dios inacabado? —dije con sorpresa—. ¿No sería esa una mejor definición del Diablo?

—No, el Diablo es un ángel caído.

Tomé un largo sorbo de vino, armándome para un largo e indeseado diálogo de ideas abstractas con mi anfitrión. ¿Por qué no llegaba a salvarme mi esposa?

—Sí —reanudó el discurso Vlad—. El abismo de Dios es su conciencia de ser aún inacabado. Si Dios acabase, su creación acabaría con él. El mundo no podría ser el simple legado de un Dios muerto. Ja, un Dios pensionado, en retiro. Imagínese. El mundo como un círculo de cadáveres, un montón de cenizas… No, el mundo debe ser la obra interminable de un Dios inacabado.

—¿Qué tiene esto que ver con los niños? —murmuré, dándome cuenta de que la lengua se me trababa.

—Para mí, señor Navarro, los niños son la parte inacabada de Dios. Dios necesita el secreto vigor de los niños para seguir existiendo.

—Yo… —murmuré con voz cada vez más sorda.

—Usted no quiere condenar a los niños a la vejez, ¿verdad, señor Navarro?

Me rebelé con un gesto impotente y un manotazo que regó los restos de la copa sobre la mesa de plomo.

—Yo perdí a un hijo, viejo cabrón…

—Abandonar a un niño a la vejez —repitió impasible el conde—. A la vejez. Y a la muerte.

Borgo recogió mi copa. Mi cabeza cayó sobre la mesa de metal.

—¿No lo dijo el Inmencionable? ¿Dejad que los niños vengan a mí?

El abismo de Dios es su conciencia de ser aún inacabado.
Si Dios regrese, su creación regresaría con él.

IX

Desperté sobresaltado. Como sucede en los viajes, no supe dónde estaba. No reconocí la cama, la estancia. Y sólo al consultar mi reloj vi que marcaba las doce. ¿Del día, de la noche? Tampoco lo sabía. Las pesadas cortinas de bayeta cubrían las ventanas. Me levanté a correrlas con una terrible jaqueca. Me enfrenté a un muro de ladrillos. Volví en mí. Estaba en casa del conde Vlad. Todas las ventanas habían sido condenadas. Nunca se sabía si era noche o día dentro de la casa.

Yo seguía vestido como a la hora de esa maldita cena. ¿Qué había sucedido? El conde y su criado me drogaron. ¿O fue la mujer invisible? Asunción nunca vino a buscarme, como lo ofreció. Magdalena seguiría en casa de los Alcayaga. No, si eran las doce del día, estaría en la escuela. Hoy no era feriado. Había pasado la fiesta de la Asunción de la Virgen. Las dos niñas, Magdalena y Chepina, estarían juntas en la escuela, seguras.

Mi cabeza era un remolino y la abundancia de coladeras en la casa del conde me hacía sentir como un cuerpo líquido que se va, que se pierde, se vierte en la barranca…

La barranca.

A veces una sola palabra, una sola, nos da una clave, nos devuelve la razón, nos mueve a actuar. Y yo necesitaba, más que nada, razonar y hacer, no pensar cómo llegué a la absurda e inexplicable situación en la que me hallaba, sino salir de ella cuanto antes y con la seguridad de que, salvándome, comprendería.

Estaba vestido, digo, como la noche anterior. Supe que aquella era "la noche anterior" y este "el día siguiente" en el momento en que me acaricié el mentón y las mejillas con un gesto natural e involuntario y sentí la barba crecida, veinticuatro horas sin rasurarme…

Pasé mis manos impacientes por los pantalones y el saco arrugados, la camisa maloliente, mi pelo despeinado. Me arreglé inútilmente el nudo de la corbata, todo esto mientras salía de la recámara a la planta alta de la casa e iba abriendo una tras otra las puertas de los dormitorios, mirando el orden perfecto de cada recámara, los lechos perfectamente tendidos, ninguna huella de que alguien hubiese pasado la noche allí. A menos, razoné, y di gracias de que mi lógica perdida regresara de su largo exilio nocturno, a menos de que todos hubiesen salido a la calle y el hacendoso Borgo hubiese arreglado las camas…

Una recámara retuvo mi atención. Me atrajo a ella una melodía lejana. La reconocí. Era la tonada infantil francesa Frère Jacques.

> Frère Jacques,
> dormez-vous?
> Sonne la matine.
> Ding-dang-dong.

Entré y me acerqué al buró. Una cajita de música emitía la cancioncilla y una pastorcilla con báculo en la mano y un borrego al lado giraba en redondo, vestida a la usanza del siglo XVIII.

Aquí todo era color de rosa. Las cortinas, los respaldos de las sillas, el camisón tendido cuidadosamente junto a la almohada. Un breve camisón de niña con listones en los bordes de la falda. Unas pantuflas rosa también. Ningún espejo. Un cuarto perfecto pero deshabitado. Un cuarto que esperaba a alguien. Sólo faltaba una cosa. Aquí tampoco había flores. Y súbitamente me di cuenta. Había media docena de muñecas reclinadas contra las almohadas. Todas rubias y vestidas de rosa. Pero todas sin piernas.

Salí sin admitir pensamiento alguno y entré a la habitación del conde. Las pelucas seguían allí, en sus estantes, como advertencia de una guillotina macabra. El baño estaba seco. La cama, virgen.

Bajé por la escalera a salones silenciosos. Había un ligero olor mohoso. Seguí por el comedor perfectamente aseado. Entré a una cocina desordenada, apestosa, nublada por los humos de entrañas regadas a lo ancho y largo del piso y el despojo de un animal inmenso, indescriptible, desconocido para mí, abierto de par en par sobre la mesa de losetas. Decapitado.

La sangre de la bestia corría aún hacia las coladeras de la cocina.

Me cubrí la boca y la nariz, horrorizado. No deseaba que un solo miasma de esta carnicería entrase a mi cuerpo. Me fui dando pequeños pasos, de espaldas, como si temiera que el animal resucitase para atacarme, hasta una especie de cortina de cuero que se venció al apoyarme contra ella. La aparté. Era la entrada a un túnel.

Recordé la insistencia de Vlad en tener un pasaje que conectara la casa con la barranca. Yo ya no me podía detener. Tenté con las manos la anchura entre las paredes. Procedí con cautela extrema, inseguro de lo que hacía, buscando en vano la salida, la luz salvadora, dejándome guiar por el subconsciente que me impelía a explorar cada rincón de la mansión de Vlad.

No había luz. Eché mano de mi briquet. Lo encendí y vi lo que temía, lo que debí sospechar. El horror concentrado. La cápsula misma del misterio.

Féretro tras féretro, al menos una docena de cajas mortuorias hacían fila a lo largo del túnel.

El impulso de dar la espalda a la escena y correr fuera del lugar era muy poderoso, pero más fuerte fue mi voluntad de saber, mi necia y detestable curiosidad, mi deformación de investigador legal, el desprecio de mí mismo al abrir féretro tras féretro sin encontrar nada más que tierra dentro de cada uno, hasta abrir el cajón donde yacía mi cliente, el conde Vlad Radu, tendido en perfecta paz, vestido con su suéter, sus pantalones y sus mocasines negros, con las manos de uñas vidriosas cruzadas sobre el pecho y la cabeza sin pelo, recostada sobre una almohadilla de seda roja, como rojo era el acolchado de la caja.

Lo miré intensamente, incapaz de despertarlo y pedirle explicaciones, paralizado por el horror de este encuentro, hipnotizado por los detalles que ahora descubría, teniendo a Vlad delante de mí, postrado, a mi merced, pero ignorante, al cabo, de los actos que yo podría cometer, sometido, como lo estaba, a la leyenda del vampiro, a los remedios propalados por la superstición y la ciencia, indisolublemente unidas en este caso. El collar de ajos, la cruz, la estaca…

El intenso frío del túnel me arrancaba vahos de la boca abierta pero me aclaraba la mente, me hacía atento a los detalles. Las orejas de Vlad. Demasiado pequeñas, rodeadas de cicatrices, que yo atribuí a sucesivas cirugías faciales, habían crecido de la noche a la mañana. Pugnaban, ante mi propia mirada, por desplegarse como siniestras alas de murciélago. ¿Qué hacía este ser maldito, recortarse las orejas cada atardecer antes de salir al mundo, disfrazar su mímesis en quiróptero nocturno? Una peste insoportable surgía de los rincones del féretro de Vlad. Allí se acumulaba la murcielaguina, la mierda del vampiro…

Un goteo hediondo cayó sobre mi cabeza. Levanté la mirada. Los murciélagos colgaban cabeza abajo, agarrados a la piedra del túnel por las uñas.

La mierda del vampiro. Las orejas del conde Vlad. La falange de ratas ciegas colgando sobre mi cabeza. ¿Qué importancia tenían al lado del detalle más siniestro?

Los ojos de Vlad.

Los ojos de Vlad sin las eternas gafas oscuras.

Dos cuencas vacías.

Dos ojos sin ojos.

Dos lagunas de orillas encarnadas y profundidades de sangre negra.

Allí mismo supe que Vlad no tenía ojos. Sus anteojos negros eran sus verdaderos ojos. Le permitían ver.

No sé qué me movió más cuando cerré con velocidad la tapa del féretro donde dormía el conde Vlad.

No sé si fue el horror mismo.

No sé si fue la sorpresa, la ausencia de instrumentos para destruirlo en el acto, mis amenazadas manos vacías.

Sí sé.

Sé que fue la preocupación por mi mujer Asunción, por mi hija Magdalena. La sospecha

que se imponía, por más que la rechazase la lógica normal, de que algo podía unir el destino
de Vlad al de mi familia y que si ello era así, yo
no tenía derecho a tocar nada, a perturbar la paz
mortal del monstruo.

Intenté recuperar el ritmo normal de mi
respiración. Mi corazón palpitaba de miedo.
Pero al respirar, me di cuenta del olor de esta
catacumba fabricada para el conde Vlad. No era
un olor conocido. En vano traté de asociarlo a
los aromas que yo conocía. Esta emanación que
permeaba el túnel no sólo era distinta a cualquier aroma por mí aspirado. No sólo era dife-
rente. Era un tufo que venía de otra parte. De
un lugar muy lejano.

El intenso frío del final me arrancaba unos de la boca abierta, pero me aterraba la mente, me hacía atenta a los detalles.

Hacia la una de la tarde logré regresar a mi casa en el Pedregal de San Ángel. Candelaria nuestra sirvienta me recibió con aire de congoja.

—¡Ay señor! ¡Estoy espantada! ¡Es la primera vez que nadie llega a dormir! ¡Qué solita me sentí!

¿Qué? ¿No había regresado la señora? ¿Dónde anda la niña?

Llamé de prisa, otra vez, a la señora Alcayaga.

—Qué tal Yves. Sí, Magdalena se fue con Chepina a la escuela desde tempranito. No, no te preocupes. Tu niña es muy pulcra, una verdadera monada. Se dio su buen regaderazo mientras yo le planchaba personalmente la ropa. Le expliqué a la escuela que hoy Magdita no iría de uniforme, porque se quedó a dormir. Bye-bye.

Llamé a la oficina de Asunción. No, me dijo la secretaria, no ha venido desde ayer. ¿Pasa algo?

Me di una ducha, me rasuré y me cambié de ropa.

—¿No quiere sus chilaquiles, señor? ¿Su cafecito?

—Gracias, Candelaria. Llevo prisa. Si viene la señora, dile que no se mueva de aquí, que me espere.

Eché un vistazo a mi estancia. La costumbre irrenunciable de ver si todo está en orden antes de salir. No vemos nada porque todo está en su lugar. Salimos tranquilos. Nada está fuera de su sitio, el hábito reconforta…

No había flores en la casa. Los ramos habitualmente dispuestos, con cariño y alegría, por Asunción, a la entrada del lobby, en la sala, en el comedor visible desde donde me encontraba a punto de salir, no estaban allí. No había flores en la casa.

—Candelaria, ¿por qué no hay flores?

La sirvienta puso su cara más seria. Sus ojos retenían un reproche.

—La señora las tiró a la basura, señor. Antes de salir ayer me dijo, ya se secaron, se me olvidó ponerles agua, ya tíralas…

Era una mañana sorprendentemente cristalina. Nuestro valle de bruma enferma, antes tan transparente, había recuperado su limpieza alta y sus bellísimos cúmulos de nubes. Bastó este hecho para devolverme un ánimo que la sucesión de novedades inquietantes me había arrebatado.

Manejé de prisa pero con cuidado. Mis buenos hábitos, a pesar de todo, regresaban a mí, confrontándome, afirmando mi razón. Así deseaba que regresase a mí la ciudad de antes, cuando "la capital" era pequeña, segura, caminable, respirable, coronada de nubes de asombro y ceñida por montañas recortadas con tijera…

No tardé en volver a la inquietud.

No, me dijo la directora de la escuela, Magdalena no ha venido el día de hoy.

—Pero sus compañeras, sus amiguitas, ¿puedo hablar con ellas, con Chepina?

No, las niñas no vieron a Magdalena en ninguna fiesta ayer.

—En la fiesta tuya, Chepina.

—No hubo fiesta, señor.

—Era tu cumpleaños.

—No señor, mi santo es el día de la Virgen.

—¿De la Asunción, ayer?

—No señor, de la Anunciación. Falta mucho.

La niña me miró con impaciencia. Era la hora del recreo y yo le robaba preciosos minutos. Sus compañeras la miraban con extrañeza.

Llamé enseguida, otra vez, a la madre de Chepina. Protesté con irritación. ¿Por qué me mentía?

—Por favor —me dijo con la voz alterada—. No me pregunte nada. Por favor. Se lo ruego por mi vida, señor Navarro.

—¿Y la vida de mi hija? ¿De mi hija? —dije casi gritando y luego hablando solo, cuando corté la comunicación con violencia.

Tomé el coche y aceleré para llegar cuanto antes al último recurso que me quedaba, la casa de Eloy Zurinaga en la colonia Roma.

Nunca me pareció más torturante la lentitud del tráfico, la irritabilidad de los conductores, la barbarie de los camiones desvencijados que debieron quedar proscritos tiempo atrás, la tristeza de las madres mendigas cargando niños en sus rebozos y extendiendo las manos callosas, el asco de los baldados, ciegos y tullidos pidiendo limosna, la melancolía de los niños payasos con sus caras pintadas y sus pelotitas al aire, la insolencia y torpeza obscena de los policías barrigones apoyados contra sus motocicletas en las entradas y salidas estratégicas para sacar "mordida", el paso insolente de los poderosos en automóviles blindados, la mirada fatal, ensimismada, ausente, de los ancianos cruzando las calles laterales a tientas, inseguros, hombres y mujeres de pelo blanco y rostros de nuez resignados a morir como vivieron. Los ridículos, gigantescos anuncios de otro mundo fantástico de brassieres y calzoncillos, cuerpos perfectos, pieles blancas y cabelleras rubias, tiendas de lujo y viajes de encanto a paraísos comprobados.

A lo largo de túneles de cemento tan siniestros como el laberinto construido para el conde Vlad por su vil lacayo el ingeniero Alcayaga, esposo de la no menos vil y mentirosa María de Lourdes, mamá de la dulce pero impaciente niñita Chepina a la que empecé a imaginar como un monstruo más, íncubo infantil de mocos supurantes…

Frené abruptamente frente a la casa de mi patrón, don Eloy Zurinaga. Un criado sin facciones memorizables me abrió la puerta, quiso impedirme el paso, no se dio cuenta de mi firmeza, de mi creciente poder frente a la incertidumbre, nacido de la mentira y el horror con los que confronté al anciano Zurinaga, sentado como siempre frente al fuego, las rodillas cubiertas por una manta, los dedos largos y blancos acariciando el cuero gastado del sillón.

Al verme abrió los ojos encapotados pero el resto de su cara no se movió. Me detuve sorprendido por el envejecimiento creciente, veloz, del anciano. Ya era viejo, pero ahora parecía más viejo que nunca, viejo como la vejez misma, por un motivo que en el acto se impuso a mi percepción: este jefe ya no mandaba, este hombre estaba vencido, su voluntad había sido obliterada por una fuerza superior a la suya. Eloy Zurinaga respiraba aún, pero ya era un cadáver vaciado por el terror.

Me dio miedo ver así a un hombre que era mi jefe, al cual debía lealtad si no un afecto que él mismo jamás solicitó. Un hombre por encima de cualquier atentado contra su fuerte personalidad. Honesto o no, ya lo dije: yo no lo sabía. Pero hábil, superior, intocable. El hombre que mejor sabía cultivar la indiferencia.

Y ahora no. Ahora yo miraba, sentado allí con las sombras del fuego bailándole en la cara sin color, como un despojo, a un hombre sin belleza ni virtud, un viejo desgraciado. Sin embargo, para mi sorpresa, aún le quedaban tretas, arrestos.

Adelantó la mano transparente casi.

—Ya sé. Adivinó usted que el hombre con abrigo de polo y stetson antiguo que fue a la oficina era verdaderamente yo, no un doble...

Lo interrogué con la mirada.

—Sí, era yo. La voz que llamó por teléfono para hacer creer que no era yo, que yo seguía en casa, era una simple grabación.

Trató, con dificultad, de sonreír.

—Por eso fui tan cortante. No podía admitir interrupción. Debía colgar rápidamente.

La astucia volvió a brillar por un instante en su mirada.

—¿Por qué tuve que regresar dos veces a la oficina, rompiendo la regla de mi ausencia, Navarro?

Una pausa teatral.

—Porque en dos ocasiones tuve que consultar viejos papeles olvidados que sólo yo podía encontrar.

Apartó las manos como quien resuelve un misterio y pone punto final a la pesquisa.

—Sólo yo sabía dónde estaban. Perdone el misterio.

No era estúpido. Mi mirada, mi actitud toda, le dijeron que no era por eso que lo visitaba hoy, que sus tretas olvidadas me tenían sin cuidado. Pero era un litigante firme y no cedió más hasta que yo mismo se lo dije.

—Ha jugado usted con mi vida, don Eloy, con mis seres queridos. Créame que si no me habla con franqueza, no respondo de mí.

Me miró con debilidad de padre herido, o de perro apaleado. Pedía piedad, súbitamente.

—Si usted me entendiera, Yves.

No dije nada pero parado allí frente a él, en una actitud de desafío y rabia, no necesitaba decir nada. Zurinaga estaba vencido, no por mí, por él mismo…

—Me prometió la juventud recobrada, la vida eterna.

Zurinaga levantó una mirada sin victorias.

—Éramos iguales, ¿ve usted? Al conocernos éramos iguales, jóvenes estudiantes los dos y luego envejecimos iguales.

—¿Y ahora, licenciado?

—Vino a verme antenoche. Creí que era para agradecerme todo lo que he hecho por él. Facilitarle el traslado. Atender su súplica: "Necesito sangre fresca", ¡ah!

—¿Qué pasó?

—Ya no era como yo. Había rejuvenecido. Se rió de mí. Me dijo que no esperara nada de él. Yo no volvería a ser joven. Yo le había servido como un criado, como un zapato viejo. Yo me haría viejo y moriría pronto. Él sería eternamente joven, gracias a mi ingenua colaboración. Se rió de mí. Yo era su criado. Uno más. "Yo tengo el poder de escoger mis edades. Puedo aparecer viejo, joven o siguiendo el curso natural de los años."

El abogado cacareó como una gallina. Volvió a mirarme con un fuego final y me tomó la mano ardiente. La suya helada.

—Regrese a casa de Vlad, Navarro. Esta misma noche. Pronto no habrá remedio.

Quería desprenderme de su mano, pero Eloy Zurinaga había concentrado en un puño toda la fuerza de su engaño, de su desilusión y de su postrer aliento.

—¿Entiende usted mi conflicto?

—Sí, patrón —dije casi con dulzura, adivinando su necesidad de consuelo, vulnerado yo mismo por el cariño, por el recuerdo, hasta por la gratitud…

—Dése prisa. Es urgente. Lea estos papeles.

Me soltó la mano. Tomé los papeles. Caminé hacia la puerta. Le oí decir de lejos.

—Espere usted todo el mal de Vlad.

Y con voz más baja:

—¿Cree que no tengo escrúpulos de conciencia? ¿Cree que no tengo una fiebre en el alma?

Le di la espalda. Supe que jamás lo volvería a ver.

"Yo tengo el poder de escoger mis edades. Puedo aparecer vieja, joven o siguiendo el curso natural de los años."

XI

"En el año del Señor 1448 ascendió al
trono de Valaquia Vlad Tepes, investido por
Segismundo de Luxemburgo, Sacro Empera-
dor Romano-Germánico, e instaló su capital en
Tirgovisye, no lejos del Danubio, a orillas del
Imperio Otomano, con la encomienda cristiana de combatir al Turco, en cuyas manos cayó
Vlad, quien aprendió velozmente las lecciones
del sultán Murad II: sólo la fuerza sostiene al
poder y el poder exige la fuerza de la crueldad.
Fugándose de los turcos, Vlad recuperó el trono
de la Valaquia con un doble engaño: tanto los
turcos como los cristianos lo creyeron su aliado.
Pero Vlad sólo estaba aliado con Vlad y con el
poder de la crueldad. Quemó castillos y aldeas
en toda Transilvania. Reunió en una recámara

a los jóvenes estudiantes llegados a estudiar la lengua y los quemó a todos. Enterró a un hombre hasta el ombligo y lo mandó decapitar. A otros los asó como a cerdos o los degolló como corderos. Capturó las siete fortalezas de Transilvania y ordenó tasajear a sus habitantes como pedazos de lechuga. A los gitanos, insumisos a ser ahorcados por no ser costumbre de zíngaros, los obligó a hervir en caldera a uno de ellos y luego devorarle la carne. Una de sus amantes se declaró preñada para retener a Vlad: éste le abrió el vientre con una tajada de cuchillo para ver si era cierto. En 1462 ocupó la ciudad de Nicópolis y mandó clavar de la cabellera a los prisioneros hasta que muriesen de hambre. A los señores de Fagaras los decapitó, cocinó sus cabezas y se las sirvió a la población. En la aldea de Amlas le cortó las tetas a las mujeres y obligó a sus maridos a comerlas. Reunió en un palacio de Broad a todos los pobres, enfermos y ancianos de la región, los festejó con vino y comida y les preguntó si deseaban algo más.

"No, estamos satisfechos.

"Entonces los mandó decapitar para que muriesen satisfechos y jamás volviesen a sentir necesidad alguna.

"Pero él mismo no estaba satisfecho. Quería dejar un nombre y una acción imborrables en la historia. Encontró un instrumento que se asociaría para siempre a él: la estaca.

"Capturó el pueblo de Benesti y mandó empalar a todas las mujeres y a todos los niños. Empaló a los boyares de Valaquia y a los embajadores de Sajonia. Empaló a un capitán que no se atrevió a quemar la iglesia de San Bartolomé en Brasov. Empaló a todos los mercaderes de Wuetzerland y se apropió sus bienes. Decapitó a los niños de la aldea de Zeyding e introdujo las cabezas en las vaginas de sus madres antes de empalar a las mujeres. Le gustaba ver a los empalados torcerse y revolverse en la estaca 'como ranas'. Hizo empalar a un burro en la cabeza de un monje franciscano.

"Vlad gustaba de cortar narices, orejas, órganos sexuales, brazos y piernas. Quemar, hervir, asar, desollar, crucificar, enterrar vivos… Mojaba su pan en la sangre de sus víctimas. Se refinaba untando sal en los pies de sus prisioneros y soltando animales para lamerlos.

"Mas empalar era su especialidad y la variedad de la tortura su gusto. La estaca podía penetrar el recto, el corazón o el ombligo. Así murieron miles de hombres, mujeres y niños durante el reinado de Vlad el Empalador, sin jamás saciar su sed de poder. Sólo su propia muerte escapaba a su capricho. Oía las leyendas de su tierra con obsesión y deseo.

"Los moroni capaces de metamorfosis instantáneas, convirtiéndose en gatos, mastines, insectos o arañas.

"Los nosferatu escondidos en lo más hondo de los bosques, hijos de dos bastardos, entregados a orgías sexuales que los agotan hasta la muerte, aunque apenas enterrados los nosferatu despiertan y abandonan su tumba para jamás regresar a ella, recorriendo la noche en forma de perros oscuros, escarabajos o mariposas.

Envenenados de celo, gustan de aparecerse en las recámaras nupciales y volver estériles e impotentes a los recién casados.

"Los lúgosi, cadáveres vivientes, librados a las orgías necrofílicas al borde de las tumbas y delatados por sus patas de pollo.

"Los strigoi de Braila con los ojos perpetuamente abiertos dentro de sus tumbas.

"Los varcolaci de rostros pálidos y epidermis reseca que caen en profundo sueño para imaginar que ascienden a la luna y la devoran: son niños que murieron sin bautizo.

"Este era el ferviente deseo de Vlad el Empalador. Traducir su cruel poder político en cruel poder mágico: reinar no sólo sobre el tiempo, sino sobre la eternidad.

"Monarca temporal, Vlad, hacia 1457, había provocado demasiados desafíos rivales a su poder. Los mercaderes y los boyardos locales. Las dinastías en disputa y sus respectivos apoyos: los Habsburgos y su rey Ladislao Póstumo, la casa húngara de los Hunyadis y los poderes otomanos en la frontera sur de Valaquia. Estos últimos se declaraban 'enemigos de la Cruz de Cristo'. Los reyes cristianos asociaban a Vlad con la religión infiel. Pero los otomanos, por su parte, asociaban a Vlad con el Sacro Imperio y la religión cristiana.

"Capturado al fin en medio de su última batalla por la facción del llamado Basarab Laiota, ágil aliado, como es costumbre balcánica, a todos los poderes en juego, por más antagónicos que sean, Vlad el Empalador fue condenado a ser enterrado vivo en un campamento junto al río Tirnava y conducido hasta allí, para su escarnio, entre los sobrevivientes de sus crímenes infinitos, que le iban dando la espalda a medida que Vlad pasaba encadenado, de pie, en un carretón rumbo al camposanto. Nadie quería recibir su última mirada.

"Sólo un ser le daba la cara. Sólo una persona se negaba a darle la espalda. Vlad fijó sus ojos en esa criatura. Pues era una niña apenas, de no más de diez años de edad. Miraba al Empalador con una mezcla impresionante de insolencia e inocencia, de ternura y rencor, de promesa y desesperanza.

"Voivod, príncipe, Vlad el Empalador iba a la muerte en vida soñando con los vivos en muerte, los moroni, los nosferatu, los strigoi, los varcolaci, los vampiros: Drácula, el nombre que secretamente le daban todos los habitantes de Transilvania y Moldavia, Frahas y Valaquia, los Cárpatos y el Danubio...

"Iba a la muerte y sólo se llevaba la mirada azul de una niña de diez años de edad, vestida de rosa, la única que no le dio la espalda ni murmuró en voz baja, como lo hacían todos los demás, el Nombre Maldito, Drácula...

"Estos son, amigo Navarro, los secretos —parciales— que puede comunicarle su fiel y seguro servidor

(fdo) ELOY ZURINAGA"

Quería dejar un nombre y una acción imborrables en la historia.
Encontró un instrumento que se asociase para siempre a él: la estaca.

XII

Leí el manuscrito sentado al volante del BMW. Sólo al terminarlo arranqué. Puse en cuarentena mis posibles sentimientos. Asco, asombro, duda, rebeldía, incredulidad.

Conduje mecánicamente de la Colonia Roma al acueducto de Chapultepec, bajo la sombra iluminada del Alcázar dieciochesco y subiendo por el Paseo de la Reforma (el antiguo Paseo de la Emperatriz) rumbo a Bosques de las Lomas. Agradecía el automatismo de mis movimientos porque me encontraba ensimismado, entregado a reflexiones que no son usuales en mí, pero que ahora parecían concentrar mi experiencia de las últimas horas y brotar de manera espontánea mientras las luces del atardecer se iban encendiendo, como ojos de gato parpadeantes, a lo largo de mi recorrido.

Lo que me asaltaba era una sensación de melancolía intensa: el mejor momento del amor, ¿es el de la melancolía, la incertidumbre, la pérdida? ¿Es cuando más presente, menos sacrificable a las necedades del celo, la rutina, la descortesía o la falta de atención, sentimos el amor? Imaginé a mi mujer, Asunción, y recuperando en un instante la totalidad de la pareja, de nuestra vida juntos, me dije que el placer nos deja atónitos: ¿cómo es posible que el alma entera, Asunción, pueda fundirse en un beso y pierda de vista al mundo entero?

Le hablaba así a mi amor, porque no sabía lo que me esperaba en casa del vampiro. Repetía como exorcismos las palabras de la esperanza: el amor siempre es generoso, no se deja vencer porque lo impulsa el deseo de poseer plena y al mismo tiempo infinitamente, y como esto no es posible, convertimos la insatisfacción misma en el acicate del deseo y lo engalanamos, Asunción, de melancolía, inquietud y la celebración de la finitud misma.

Como si adivinase lo que me esperaba, dejé escapar, Asunción, un sollozo y me dije:

—Este es el mejor momento del amor.

Caía la tarde cuando llegué a casa del conde Vlad. Me abrió Borgo, cerrándome, una vez más, el paso. Estaba dispuesto a pegarle, pero el jorobado se adelantó:

—La niña está atrás, en el jardín.

—¿Cuál jardín? —dije inquieto, enojado.

—Lo que usted llama la barranca. Los árboles —indicó el criado con un dedo sereno.

No quise correr al otro lado de la mansión de Vlad para llegar a eso que Borgo llamaba jardín y que era un barranco, según lo recordaba, con algunos sauces moribundos sobresalientes en el declive del terreno. Lo primero que noté, con asombro, fue que los árboles habían sido talados y tallados hasta convertirse en estacas. Entre dos de estas empalizadas colgaba un columpio infantil.

Allí estaba Magdalena, mi hija.

Corrí a abrazarla, indiferente a todo lo demás.

—Mi niña, mi niñita, mi amor —la besé, la abracé, le acaricié el pelo crespo, las mejillas ardientes, sentí la plenitud del abrazo que sólo un padre y una hija saben darse.

Ella se apartó, sonriendo.

—Mira, papá. Mi amiguita Minea.

Volteé para mirar a otra niña, la llamada Minea, que tomó la mano de mi Magdalena y la apartó de mí. Mi hijita vestía su uniforme escolar azul marino con cuello blanco y corbata de moño roja.

La otra niña vestía toda de rosa, como las muñecas en el cuarto que yo había visitado esa mañana. Usaba un vestido rosa de falda ampona y llena de olanes, con rosas de tela cosidas a la cintura, medias color de rosa y zapatillas de charol negro. Tenía una masa de bucles dorados, en tirabuzón, con un moño inmenso, color de rosa, coronándola.

Era de otra época. Pero era idéntica a mi hija (que tampoco, como lo he indicado, y debido a las formalidades de su madre, era una niña moderna).

La misma estatura. La misma cara. Sólo el atuendo era distinto.

—¿Qué haces, Magda? —le dije desechando el asombro.

—Mira —señaló a las estacas del cárcamo.

No vi nada excepcional.

—Las ardillas, papá.

Sí, había ardillas subiendo y bajando por los troncos, correteando nerviosas, mirándonos como a intrusos antes de reanudar su carrera.

—Muy simpáticas, hija. En el jardín de la casa también las hay, ¿recuerdas?

Magdalena rió como niña, llevándose una mano a la boca. Se levantó la falda colegial al mismo tiempo que Minea hacía lo propio. Minea metió la mano en la parte delantera de su calzón infantil y sacó una ardilla palpitante, apretada entre las manos.

—¿A que no sabías, papá? A las ardillas los dientes les crecen por dentro hasta atravesarles la cabeza…

Mi hija tomó la ardilla que le ofreció Minea y levantándose la falda escolar, la guardó en su calzón sobre el pubis.

Me sentí arrollado por el horror. Había mantenido la vista baja, observando a las niñas, sin darme cuenta de la vigilante cercanía de Borgo.

El criado se acercó a mi hija y le acarició el cuello. Sentí una sublevación de asco. Borgo rió.

—No se preocupe, monsieur Navarro. Mi amo no me permite más que esto. Il se réserve les petits choux bien pour lui…

Lo dijo como un cocinero que acaricia una gallina antes de degollarla. Soltó a Magda, pidiendo paz con una mano. Las formas se volvían pardas como la noche lenta de la meseta.

—En cambio, a Minea, como es de la casa...

El obsceno criado le levantó la falda a la otra niña, le subió el vestido de olanes color de rosa hasta ocultarle el rostro, reveló el pecho desnudo con sus pezones infantiles e hincándose frente a Minea comenzó a chupárselos.

—¡Ay, monsieur Navarro! —dijo interrumpiendo su sucia labor—. ¡Qué formas y florilegios de los pezones! ¡Qué sensación de éxtasis sexual!

Apartó la cara y vi que en el pecho de la niña Minea habían desaparecido los pezones.

Busqué la mirada de mi hija, como si quisiera apartarla de estas visiones.

No sé si la miré con odio o si fue ella quien me dijo con los ojos: —Te detesto. Déjame jugar a gusto.

"Regrese a casa de Vlad. Pronto no habrá remedio."

Las palabras de Zurinaga resonaron en esa noche turbia y recién estrenada del altiplano de México, donde el calor del día cede en un segundo al frío de la noche.

XIII

No es cierto. No abandoné a Magdalena. El asco turbio que me produjo la escena del barranco no me desvió de mi propósito lúcido, que era enfrentarme al monstruo y salvar a mi familia.

Dándole la espalda a Borgo, a Minea y a mi hija, descubrí la entrada al túnel a boca de jarro sobre el cárcamo, empujé la puerta de metal y entré a ese pasaje recién construido por el maldito Alcayaga pero que tenía un musgoso olor a siglos, como si hubiese sido trasladado, en vez de construido aquí, desde las lejanas tierras de la Valaquia originaria de Vlad Radu.

Perfume de carnes sensualmente corruptas, dulces en su putrefacción.

Piélago antiquísimo de brea y percebes pegados a los féretros. Humo arenoso de una tierra que no era mía, que venía de muy lejos, encerrada entre maderos crujientes y clavos enmohecidos.

Caminé de prisa, sin detenerme porque la curiosidad acerca de este lúgubre cementerio ambulante ya la había saciado esta mañana. Me detuve con un grito sofocado. Detrás de un cajón de muerto, apareció Vlad, cerrándome el paso.

Por un instante no lo reconocí. Se envolvía en una capa dragona y la cabellera le caía sobre los hombros, negra y lustrosa. No era una peluca más. Era el cabello de la juventud, renacido, brillante, espeso. Lo reconocí por la forma del rostro, por la palidez calcárea, por los anteojos negros que ocultaban las cuencas sangrientas.

Recordé las palabras amargas de Zurinaga, Vlad escoge a voluntad sus edades, parece viejo, joven o siguiendo el curso natural de los años, nos engaña a todos…

—¿A dónde va tan de prisa, señor Navarro? —dijo con su voz untosa y profunda.

La simple pregunta me turbó. Si había abandonado en la barranca a mi hija, fue sólo para enfrentarme a Vlad.

Aquí lo tenía. Pero debí dar otra respuesta.

—Busco a mi mujer.

—Su mujer no me interesa.

—Qué bueno saberlo. Quiero verla y llevarnos a Magdalena. No será usted quien destruya nuestro hogar.

Vlad sonrió como un gato que desayuna canarios.

—Navarro, déjeme explicarle la situación.

Abrió de un golpe un féretro y allí yacía Asunción, mi esposa, pálida y bella, vestida de negro, con las manos cruzadas sobre el pecho. Busqué instintivamente su cuello. Dos alfilerazos morados, pequeñísimos capullos de sangre, florecían a la altura de la yugular externa.

Iba a reprimir un grito que el propio Vlad, con una fuerza de gladiador, sofocó con una mano de araña sobre mi boca, aprisionando con la otra mi pecho.

—Mírela bien y entiéndalo bien. No me interesa su esposa, Navarro. Me interesa su hija. Es la compañera ideal de Minea. Son casi gemelas, ¿se dio usted cuenta? Viera usted la cantidad de fotografías que hube de escudriñar en las largas noches de mi arruinado castillo en la Valaquia hasta encontrar a la niña más parecida a la mía. ¡Y en México, una ciudad de veinte millones de nuevas víctimas, como las llamaría usted! ¡Una ciudad sin seguridad policiaca! ¡Viera usted los trabajos que pasé con Scotland Yard en Londres! Y además —aunque he cultivado viejas amistades en todo el mundo—, la ciudad de mi viejo —viejísimo, sí— amigo Zurinaga. Todo salió a pedir de boca, por decirlo de algún modo... ¡Veinte millones de sabrosas morongas!

Vlad tuvo el mal gusto de relamerse.

—Son casi gemelas, ¿se dio usted cuenta? Minea ha sido una fuente de vida para mí. Crea en mis buenos sentimientos, Navarro. Usted que posee la mística de la familia. Esta niña es, realmente, mi única y verdadera familia.

Suspiró sentimentalmente. Yo permanecí, a medida que el conde aflojaba su fuerza sobre mi cuerpo, fascinado por el cinismo del personaje.

—Con Minea, ve usted, entendí, supe lo que no sabía. Imagínese, desde que empecé mi vida hace cinco siglos, en la fortaleza de Sigiscara sobre el río Tirnava, sólo viví luchando por el poder político, tratando de mantener la herencia de mi padre Vlad Dracu contra mi medio hermano Alexandru por el trono de Valaquia, contra la amante de mi padre, Caktuna, convertida en monja, y su hijo mi medio hermano, monje como su madre, conspiradores ambos bajo la santidad de la Iglesia, luchando contra los turcos que invadieron mi reino con la ayuda de mi traidor y corrupto hermano menor, Radu, efebo del sultán Mhemed en su harén masculino, prisionero yo mismo de los turcos, Navarro, donde aprendí las crueldades más refinadas y salí armado de venganza hasta teñir de rojo el Danubio entero, de Silistra a Tismania, llenar de cadáveres los pantanos de Balreni, cegar con hierro y enterrar vivos a mis enemigos y empalar en estacas a cuantos se opusieran a mi poder, empalados por la boca, por el recto, por el ombligo, así me gané el título de Vlad el Empalador. El nuncio papal Gabriele Rangone me acusó de empalar a cien mil hombres y mujeres y el Papa mismo me condenó a vivir incomunicado en una profundidad secreta bajo lápida de fierro en un camposanto a orillas del río Tirnava, después de dictaminar "La tierra sacra no recibirá tu cuerpo", condenándome a permanecer insepulto pero enterrado en vida… Así nació mi injusta leyenda de muerto-vivo en todas las aldeas entre el río Dambótiva y el Paso del Roterturn: toda muerte inexplicada, toda desaparición o secuestro, me eran atribuidos a mí, Vlad el Empalador, el Muerto en Vida, el Insepulto, mientras yo yacía vivo en una hondura cavernaria comiendo raíces y tierra, ratas y los murciélagos que pendían de las bóvedas de la caverna, serpientes y arañas, enterrado vivo, Navarro, buscado por crímenes que no cometí y pagando por los que sí cometí, buscado por la Santa Inquisición de las comunidades unidas, convencidas de que yo no había muerto y perpetraba todos los crímenes, ¿pero dónde me encontraba?, ¿cómo descubrir mi escondite en medio de las tumbas levantadas como dedos de piedra, estacas de mármol, en la orilla del Tirnava: sepultado sin nombre ni fecha por órdenes del difunto nuncio, borrado del mundo pero sospechoso de corromperlo? El sitio de mi reclusión forzada había sido celosamente guardado en Roma, olvidado o perdido, no sé. El nuncio se llevó el secreto a la tumba. Entonces los pobladores de la Valaquia oyeron el consejo ancestral. Que una niña desnuda montada a caballo recorra todos los cementerios de la región a galope, y allí donde se detenga el caballo estará escondido Vlad y allí mismo le hundiremos una estaca en el pecho al Empalador… Una noche al fin oí el galope funesto. Me abracé a mí mismo. Sólo esa noche tuve miedo, Navarro. El galope se alejó. Unas horas más tarde, la niña desnuda regresó al sitio de mi prisión, abrió las compuertas de fierro de mi desapacible cárcel papal. "Me llamo Minea", me dijo, "le encajé las espuelas al caballo cuando se iba a detener sobre tu escondite. Así supe que estabas encarcelado aquí. Ahora sal. He venido a rescatarte. Has aprendido a alimentarte de la tierra. Has aprendido a vivir enterrado. Has aprendido a no verte jamás a ti mismo. Cuando empezó la cacería contra ti, me ofrecí candorosa. Nadie sospecha de una niña de diez años. Aproveché mi apariencia, pero tengo tres siglos de rondar la noche. Vengo a ofrecerte un trato. Sal de esta cárcel y únete a nosotros. Te ofrezco la vida eterna. Somos legión. Has encontrado tu compañía. El precio que vas a pagar es muy bajo." La niña Minea se lanzó sobre mi cuello y allí me enterró los dientes. Había encontrado mi compañía. No soy un creador, Navarro, soy una criatura más, ¿entiende usted?... Yo vivía, como usted, en el tiempo. Como usted, habría muerto. La niña me arrancó del tiempo y me condujo a la eternidad...

Me estaba estrangulando.

—¿No siente compasión hacia mí? Ella me arrancó los ojos, se los chupó como se lo chupa todo, para que mis ojos no expresaran más otra necesidad que la sangre, ni otra simpatía que la noche...

Traté de morder la mano que me amordazaba obligándome a escuchar esta increíble y lejana historia y temí, como un idiota, que herir la sangre del vampiro era tentar al mismísimo Diablo. Vlad apretó su dominio sobre mi cuerpo.

—Los niños son pura fuerza interna, señor Navarro. Una parte de nuestro poderío vital está concentrado adentro de cada niño y la desperdiciamos, queremos que dejen de ser niños y se vuelvan adultos, trabajadores, "útiles a la sociedad".

Lanzó una espantosa carcajada.

—¡La historia! ¡Piense en la historia que acabo de narrarle y dígame si todo ese basurero de mentiras, esos biombos de nuestra mortalidad aterrada que llamamos profesiones liberales, política, economía, arte, incluso arte, señor Navarro, nos salvan de la imbecilidad y de la muerte! ¿Sabe cuál es mi experimento? Dejar que su hija crezca, adquiera forma y atractivo de mujer, pero no deje nunca de ser niña, fuente de vida y pureza…

—No, Minea nunca crecerá —dijo adivinando mi confusión—. Ella es la eterna niña de la noche.

Me mostró, haciéndome girar hasta darle la cara, las encías encendidas, los colmillos de un marfil pulido como espejo.

—Estoy esperando que su hija crezca, Navarro. Va a permanecer conmigo. Será mi novia. Un día será mi esposa. Será educada como vampiro.

El siniestro monstruo dibujó una sonrisa agria.

—No sé si le daremos nietos…

Me soltó. Extendió el brazo y me indicó el camino.

—Espere a su mujer en la sala. Y piense una cosa. Me he alimentado de ella mientras la niña crece. No quiero retenerla mucho tiempo. Sólo mientras me sea útil. Francamente, no veo qué le encuentra usted de maravillosa. Elle est une femme de ménage!

XIV

Caminé como sonámbulo y esperé sentado en la sala blanca de muebles negros y numerosas coladeras. Cuando mi mujer apareció, vestida de negro, con la melena suelta y la mirada inmóvil, sentí simpatía y antipatía, atracción y repulsión, una inmensa ternura y un miedo igualmente grande.

Me levanté y le tendí la mano para acercarla a mí. Asunción rechazó la invitación, se sentó frente a mí, poseída por una mirada neutra. No me tocó.

—Mi amor —le dije adelantando la cabeza y el torso hasta posar mis manos unidas sobre mis rodillas—. Vine por ti. Vine por la niña. Creo que todo esto es sólo una pesadilla. Vamos a recoger a Magda. Tengo el coche allí afuerita. Asunción, vámonos rápido de aquí, rápido.

Me miró con lo mismo que yo le otorgué al verla entrar, aunque sólo la mitad de mis sentimientos. Antipatía, repulsión y miedo. Me dejó esa carta única: el temor.

—¿Tú quieres a mi hija? —me dijo con una voz nueva, como si hubiese tragado arena y expulsándome de la paternidad compartida con ese cruel, frío posesivo: mi hija.

—Asunción, Magda —alcancé a balbucear.

—¿Tú recuerdas a Didier?

—Asunción, era nuestro hijo.

—ES. Es mi hijo.

—Nuestro, Asunción. Murió. Lo adoramos, lo recordamos, pero ya no es. Fue.

—Magdalena no va a morir —anunció Asunción con una serenidad helada—. El niño murió. La niña no va a morir nunca. No volveré a pasar esa pena, nunca.

¿Cómo iba a decirle algo como "todos vamos a morir" si en la voz y la mirada de mi mujer había ya, instalada allí como una llama perpetua, la convicción repetida?

—Mi hija no va a morir. Por ella no habrá luto. Magdalena vivirá para siempre.

¿Era este el sacrificio? ¿A esto llegaba el amor materno? ¿Debía admirar a la madre porque admitía esta inmolación?

—No es un sacrificio —dijo como si leyera mi pensamiento—. Estoy aquí por Magda. Pero también estoy aquí por mi gusto. Quiero que lo sepas.

Recuperé el habla, como un toro picado bajo el testuz sólo para embestir mejor.

—Hablé con ese siniestro anciano.

—¿Zurinaga? ¿Hablaste con Zurinaga? Me confundí.

—Sí, pero me refiero a este otro anciano, Vlad…

Ella prosiguió.

—El trato lo hice con Zurinaga. Zurinaga fue el intermediario. Él le mandó a Vlad la foto de Magdalena. Él me ofreció el pacto en nombre de Vladimiro…

—Vladimiro —traté de sonreír—. Se burló de Zurinaga. Le ofreció la vida eterna y luego lo mandó a la chingada. Lo mismo les va a pasar a…

—Él me ofreció el pacto en nombre de Vladimiro —continuó Asunción sin prestarme atención—. La vida eterna para mi hija. Zurinaga sabía mi terror. Él se lo dijo a Vladimiro.

—A cambio de tu sexo para Vlad —interrumpí.

Por primera vez, ella esbozó una sonrisa. La saliva le escurría hacia el mentón.

—No, aunque no existiera la niña, yo estaría aquí por mi gusto…

—Asunción —dije angustiado—. Mi adorada Asunción, mi mujer, mi amor…

—Tu adorado, aburrido amor —dijo con diamantes negros en la mirada—. Tu esposa prisionera del tedio cotidiano.

—Mi amor —dije casi con desesperación, ciertamente con incredulidad—. Recuerda los momentos de nuestra pasión. ¿Qué estás diciendo? Tú y yo nos hemos querido apasionadamente.

—Son los momentos que más pronto se olvidan —dijo sin mover un músculo de la cara—. Tu amor repetitivo me cansa, me aburre tu fidelidad, llevo años incubando mi receptividad hacia Vladimiro, sin saberlo. Nada de esto pasa en un día, como tú pareces creer…

Como no tenía palabras nuevas, repetí las que ya sabía:

—Recuerda nuestra pasión.

—No deseo tu normalidad —escupió con esa espuma que le salía entre los labios.

—Asunción, vas al horror, vas a vivir en el horror, no te entiendo, vas a ser horriblemente desdichada.

Me miró como si me dijera "ya lo sé" pero su boca primero pronunció otras palabras.

—Sí, quiero a un hombre que me haga daño. Y tú eres demasiado bueno.

Hizo una pausa atroz.

—Tu fidelidad es una plaga.

Jugué otra carta, repuesto de todo asombro, tragándome mi humillación, superada la injuria gracias al amor constante y cierto que celebra su propia finitud y se ama con su propia imperfección.

—Dices todo esto para que me enfade contigo, mi amor, y me vaya amargado pero resignado…

—No —agitó la melena lustrosa, tan parecida ahora a la magnífica cabellera renaciente de Vlad—. No soy prisionera. Me he escapado de tu prisión.

Una furia sibilante se apoderó de su lengua, esparciendo saliva espesa.

—Gozo con Vlad. Es un hombre que conoce instantáneamente todas las debilidades de una mujer…

Pero esa voz siseante, de serpiente, se apagó en seguida cuando me dijo que no pudo resistir la atracción de Vlad. Vlad rompió nuestra tediosa costumbre.

—Y sigo caliente por él, aunque sepa que me está usando, que quiere a la niña y no a mí…

No pudo contener el brillo lacrimoso de un llanto incipiente.

—Vete, Yves, por lo que más quieras. No hay remedio. Si quieres, puedes imaginar que aunque te haga daño, te seguiré estimando. Pero sal de aquí y vive preguntándote, ¿quién perdió más?, ¿yo te quité más a ti, o tú a mí? Mientras no contestes esta pregunta, no sabrás nada de mí…

Rió impúdicamente.

—Vete. Vlad no tolera las fidelidades compartidas.

Acudí a otras palabras, no me quería dar por vencido, no entendía contra qué fuerzas combatía.

—Para mí, siempre serás bella, deseable, Asunción…

—No —bajó la cabeza—. No, ya no, para nadie…

—Lamento interrumpir esta tierna escena doméstica —dijo Vlad apareciendo repentinamente—. La noche avanza, hay deberes, mi querida Asunción…

En ese instante, la sangre brotó de cada coladera del salón.

Mi mujer se levantó y salió rápidamente de la sala, arrastrando las faldas entre los charcos de sangre.

Vlad me miró con sorna cortés.

—¿Me permite acompañarlo a la puerta, señor Navarro?

Los automatismos de la educación recibida, la cortesía ancestral, vencieron todas mis disminuidas resistencias. Me incorporé y caminé guiado por el conde hacia la puerta de la mansión de Bosques de las Lomas.

Cruzamos el espacio entre la puerta de la casa y la verja que daba a la calle.

—No luche más, Navarro. Ignora usted los infinitos recursos de la muerte. Conténtese. Regrese a la maldición del trabajo, que para usted es una bendición, lo sé y lo entiendo. Usted vive la vida. Yo la codicio. Es una diferencia importante. Lo que nos une es que en este mundo todos usamos a todos, algunos ganamos, otros pierden. Resígnese.

Me puso la mano sobre el hombro. Sentí el escalofrío.

—O únase a nosotros, Navarro. Sea parte de mi tribu errante. Mire lo que le ofrezco, a pesar de su insobornable orgullo: quédese con su mujer y su hija, aquí, eternamente… Piense que llegará un momento en que su mujer y su hija no serán vistas por nadie sino por mí.

Estábamos frente a la verja, entre la calle y la casa.

—De todos modos, va usted a morir y no las verá nunca más. Piénselo bien.

Levantó una mano de uñas vidriosas.

—Y dése prisa. Mañana ya no estaremos aquí. Si se va, no nos volverá a ver. Pero tenga presente que mi ausencia es a menudo engañosa. Yo siempre encuentro una debilidad, un resquicio por donde volverme a colar. Si un amigo tan estimado como usted me convoca, yo regresaré, se lo aseguro, yo apareceré…

Todo mi ser, mi formación, mi costumbre, mi vida entera, me impulsaban a votar por el trabajo, la salud, el placer que nos es permitido a los seres humanos. La enfermedad. La muerte. Y en contra de todo, luchaba en mí una intolerable e incierta ternura hacia este pobre ser. Él mismo no era el origen del mal. Él mismo era la víctima. Él no nació monstruo, lo volvieron vampiro… Era la criatura de su hija Minea, era una víctima más, pobre Vlad…

El maldito conde jugó su última carta.

—Su mujer y su hija van a vivir para siempre. Parece que eso a usted no le importa. ¿No le gustaría que su hijo resucitara? ¿Eso también lo despreciaría usted? No me mire de esa manera, Navarro. No acostumbro bromear en asuntos de vida y muerte. Mire, allí está su coche estacionado. Mire bien y decídase pronto. Tengo prisa en irme de aquí.

Lo miré interrogante.

—¿Se va de aquí?

Vlad contestó fríamente.

—Usted olvidará este lugar y este día. Usted nunca estuvo en esta casa. Nunca.

—¿Se va de la Ciudad de México? —insistí con voz de opio.

—No, Navarro. Me pierdo en la Ciudad de México, como antes me perdí en Londres, en Roma, en Bremerhaven, en Nueva Orleáns, donde quiera que me ha llevado la imaginación y el terror de ustedes los mortales. Me pierdo ahora en la ciudad más populosa del planeta. Me confundo entre las multitudes nocturnas, saboreando ya la abundancia de sangre fresca, dispuesto a hacerla mía, a reanudar con mi sed la sed del sacrificio antiguo que está en el origen de la historia… Pero no lo olvide. Siempre soy Vlad, para los amigos.

Le di la espalda al vampiro, a su horror, a su fatalidad. Sí, iba a optar por la vida y el trabajo, aunque mi corazón ya estaba muerto para siempre. Y sin embargo, una voz sagrada, escondida hasta ese momento, me dijo al oído, desde adentro de mi alma, que el secreto del mundo es que está inacabado porque Dios mismo está inacabado. Quizá, como el vampiro, Dios es un ser nocturno y misterioso que no acaba de manifestarse o de entenderse a sí mismo y por eso nos necesita. Vivir para que Dios no muera. Cumplir viviendo la obra inacabada de un Dios anhelante.

Eché una mirada final, de lado, al cárcamo de bosques tallados hasta convertirlos en estacas. Magda y Minea reían y se columpiaban entre estacas, cantando:

Sleep, pretty wantons, do not cry,
and I will sing a lullaby:
rock them, rock them, lullaby...

Sentí drenada la voluntad de vivir, yén-
dose como la sangre por las coladeras de la mansión del vampiro. Ni siquiera tenía la voluntad
de unirme al pacto ofrecido por Vlad. El trabajo, las recompensas de la vida, los placeres...
Todo huía de mí. Me vencía todo lo que quedó
incompleto. Me dolía la terrible nostalgia de lo
que no fue ni será jamás. ¿Qué había perdido en
esta espantosa jornada? No el amor; ese persis-
tía, a pesar de todo. No el amor, sino la esperanza. Vlad me había dejado sin esperanza, sin más
consuelo que sentir que cuanto había ocurrido
le había ocurrido a otro, el sentido de que todo
venía de otra parte aunque me sucediera a mí: yo
era el tamiz, un misterio intangible pasaba por
mí pero iba y venía de otra parte a otra parte...
Y sin embargo, yo mismo, ¿no habré cambiado
para siempre, por dentro?

Salí a la calle.

La verja se cerró detrás de mí.

No pude evitar una mirada final a la
mansión del conde Vlad.

Algo fantástico sucedía.

La casa de Bosques de las Lomas, su aérea
fachada moderna de vidrio, sus líneas de limpia
geometría, se iban disolviendo ante mis ojos,
como si se derritieran. A medida que la casa
moderna se iba disolviendo, otra casa aparecía
poco a poco en su lugar, mutando lo antiguo

por lo viejo, el vidrio por la piedra, la línea recta no por una sinuosidad cualquiera, sino por la sustitución derretida de una forma en otra.

Iba apareciendo, poco a poco, detrás del velo de la casa aparente, la forma de un castillo antiguo, derruido, inhabitable, impregnado ya de ese olor podrido que percibí en las tumbas del túnel, inestable, crujiente como el casco de un antiquísimo barco encallado entre montañas abruptas, un castillo de atalaya arruinada, de almenas carcomidas, de amenazantes torres de flanco, de rastrillo enmohecido, de fosos secos y lamosos, y de una torre de homenaje donde se posaba, mirándome con sus anteojos negros, diciéndome que se iría de este lugar y nunca lo reconocería si regresaba a él, convocándome a entrar de vuelta a la catacumba, advirtiéndome que ya nunca podría vivir normalmente, mientras yo luchaba con todas mis fuerzas, a pesar de todo, consciente de todo, sabedor de que mi fuerza vital ya estaba enterrada en una tumba, que yo mismo viviría siempre, dondequiera que fuera, en la tumba del vampiro, y que por más que afirmara mi voluntad de vida, estaba condenado a muerte porque viviría con el conocimiento de lo que viví para que la negra tribu de Vlad no muriera.

Entonces de la torre de flanco salieron volando torpemente, pues eran ratas monstruosas dotadas de alas varicosas, los vespertillos ciegos, los morciguillos guiados por el poder de sus inmundas orejas largas y peludas, emigrando a nuevos sepulcros.

¿Irían Asunción mi mujer, Magda mi hija, entre la parvada de ratones ciegos?

Me fui acercando al coche estacionado.

Algo se movía dentro del auto.

Una figura borrosa.

Cuando al cabo la distinguí, grité de horror y júbilo mezclados.

Me llevé las manos a los ojos, oculté mi propia mirada y sólo pude murmurar:

—No, no, no…

Quizá como el vampiro, Dios es un ser nocturno y misterioso que no acaba de manifestarse o de entenderse a sí mismo y por eso nos necesita

Vlad de Carlos Fuentes
se terminó de imprimir en el mes de noviembre de 2021
en los talleres de Diversidad Gráfica S.A. de C.V.
Privada de Av. 11 #1 Col. El Vergel, Iztapalapa,
C.P. 09880, Ciudad de México.